rúa dos irmáns rey alvite, 5
15702 santiago de compostela
tel/fax 981 572 567
www.aeneasantiago.blogspot.com

ALMUDENA GRANDES

Almudena Grandes nació en Madrid en 1960. Se dio a conocer en 1989 con *Las edades de Lulú*, XI Premio La Sonrisa Vertical (La Sonrisa Vertical 61, Fábula 10 y Andanzas 555). Desde entonces el aplauso de los lectores y la crítica no ha dejado de acompañarla. Sus novelas *Te llamaré Viernes* (Andanzas 136 y Fábula 23), *Malena es un nombre de tango* (Andanzas 211 y Fábula 127), *Atlas de geografía humana* (Andanzas 350 y Fábula 165), *Los aires difíciles* (Andanzas 466) y *Castillos de cartón* (Andanzas 529), junto con el volumen de cuentos *Modelos de mujer* (Andanzas 263 y Fábula 100) y el recopilatorio de artículos *Mercado de Barceló* (Textos en el Aire 1, ahora también en la colección Fábula), la han convertido en una de las narradoras más sólidas y de mayor proyección internacional de la literatura española contemporánea. En su título más reciente, *Estaciones de paso* (Andanzas 580), Almudena Grandes ofrece una galería inolvidable de jóvenes, aturdidos y desorientados, pero empeñados en salir adelante.

Libros de Almudena Grandes en Tusquets Editores

ANDANZAS
Te llamaré Viernes
Malena es un nombre de tango
Modelos de mujer
Atlas de geografía humana
Los aires difíciles
Castillos de cartón
Las edades de Lulú
Estaciones de paso

LA SONRISA VERTICAL
Las edades de Lulú

FÁBULA
Las edades de Lulú
Te llamaré Viernes
Malena es un nombre de tango
Modelos de mujer
Atlas de geografía humana
Mercado de Barceló

TEXTOS EN EL AIRE
Mercado de Barceló

Almudena Grandes

Mercado de Barceló

Ilustraciones de Ana Juan

Ilustración de la cubierta: ilustración de Ana Juan. © Ana Juan, 2003

Los artículos que componen este libro son una selección de los publicados en *El País Semanal* bajo la rúbrica «Mercado de Barceló» entre el 1 de octubre de 1999 y el 23 de febrero de 2003

1.ª edición en colección Textos en el Aire: mayo de 2003

© Almudena Grandes, 2003
© de las ilustraciones: Ana Juan, 2003

Diseño de la colección: Pierluigi Cerri

Reservados todos los derechos de esta edición para
Tusquets Editores, S.A. - Cesare Cantù, 8 - 08023 Barcelona
www.tusquetseditores.com

ISBN: 84-8310-472-5
Fotocomposición: Foinsa - Passatge Gaiolà, 13-15 - 80813 Barcelona

Impresión y encuadernación: GRAFOS, S.A. Arte sobre papel
Sector C, Calle D, n.º 36, Zona Franca - 08040 Barcelona
Impreso en España

Índice

Puerta de entrada: Treinta años después 11

PRIMAVERA

La vida, a las seis de la mañana 17
Unos ojos tristes 20
Áreas de influencia 23
El maquillaje de la pescadera 26
Los sentimientos de los metales 31
Los jóvenes de ahora 35
La duda 39
Por un yogur descremado 42
La vergüenza 47
Una cuestión de céntimos 51
Una larga, larga infancia 54
Escupiendo al cielo 57
Cuento de primavera 60
Los peligros del campo 65
El precio de los tomates 68
Pavlov nunca va a la huelga 71
Primer domingo de feria 74

VERANO

Receta de verano 79

Ritmo lento, calor	82
Una es una gorda es una gorda	85
Sin comentarios	88
El olor de la inexistencia	93
Domingo, verano	96
Mañanas de cristal	99
La vida es un escaparate	102
Pan, mantequilla y semillas de clavel	106
Las vacaciones de la memoria	109
Palacios en la arena	112
El espíritu del salacot	117
Maldito *sushi*	120
Los hijos del deseo	123
El grito de la nevera	126
Variantes en la memoria	131
La tristeza	134

OTOÑO

La normalidad	139
El sabor del otoño	142
La paz del lunes	145
Los brazos de Calipso	148
Por un coche de juguete	153
La reina desnuda	157
Chistes de amor	160
Los pioneros del carrito	163
El color del luto	166
El inquilino de la tercera ventana	171
Ellos	174

La realidad en primera persona. 177
Dobles parejas. 180
Romanticismo. 183
Una falda de plátanos 186
La princesa de Chueca. 191
Aunque tú no lo sepas 195

INVIERNO

Otro mercado. 201
Una transición 204
Ojalá 207
Noticia de una ausencia. 210
Un junco verde, flexible 215
Nuevas emociones. 218
Cuento de Navidad 222
El milenio del carnicero. 225
Año nuevo 22
Pensar en céntimos 231
Memoria de la prisa. 234
Otra vez el año nuevo 239
La felicidad no toca. 242
Arroz con tomate. 245
El dragón de Lavapiés 248
European Style. 253
La nariz de la primavera 256

Puerta de salida: Cerrado por cambio de negocio. 259

Puerta de entrada
Treinta años después

Si marcara en un plano de la ciudad todas las casas en las que he vivido, el resultado sería un círculo casi perfecto. Desde que, a los diez años, mis padres me llevaron a vivir con ellos a un barrio residencial y desolado, hasta hace menos de dos, cuando por fin logré mudarme a una calle paralela a la que tuve que abandonar entonces, la trayectoria geográfica de mi vida ha dibujado un lento y trabajoso regreso hacia el comienzo. Entre las consecuencias de mi reencuentro con el perfil de cúpulas y torres que poblaron el cielo de mi infancia, en la misma esquina donde estuvo siempre, está el mercado.

No es un edificio singular, desde luego. Construido hace casi medio siglo según los dudosos criterios de modernidad que han logrado que tantos edificios del centro de Madrid parezcan hoy viejísimos sin haber llegado nunca a ser antiguos, su anodina fachada de ladrillo encubre con eficacia un laberinto de empinadas escaleras de granito y pasillos alfombrados de linóleo en los que resulta asombrosamente fácil perderse. Delante de los puestos sigue habiendo un banco de metal, situado a la altura justa para que los niños pequeños puedan contemplar de pie la fascinante opulencia de los escaparates escalonados, y más abajo, a ras del suelo, un canalillo que forma parte de todo un sistema, como una red de acequias diseñada para evacuar el agua que se desborda en la limpieza diaria. A simple vista, todo está igual que entonces, cuando mi madre me arrastraba de la mano y los tenderos me conocían por mi nombre, y, sin embargo, quizás no exista un espejo que refleje con más precisión lo que ha cambiado en todos estos años.

Recuerdo imágenes fugaces, como planos sueltos de una película en blanco y negro. Hasta en los días más crudos del invierno, mujeres en zapatillas, vestidas con esas batas livianas que identificaban a las chicas de servir, cruzaban a toda prisa el paso de cebra, apretándose sobre el pecho una rebeca que parecía una broma contra el frío. Por eso siempre tenían la nariz colorada, y daban pisotones en el suelo para entrar en calor mientras esperaban su turno, sin llegar a descomponerse nunca el peinado, el flequillo tirante, pegado al cráneo con dos o tres horquillas de más. Llevaban el dinero en un bolsillo, pero eso no resultaba extraño porque ninguna señora iba con bolso al mercado. Era la época de las bolsas plegables y el monedero en el puño, las ancianas de luto y las vueltas al céntimo, los aprendices ligones y la compra por duros, tres de mortadela, cuatro de salchichas, 25 pesetas de queso manchego. Ahora, todos esos detalles se han extinguido, pero el espectáculo de la gente que pregunta, y compra, y paga, y vacila y estudia los precios, no ha perdido un ápice de su viveza. En esta sofisticada versión de la necesidad animal de conseguir alimentos, los seres humanos revelan tanto de sí mismos que es casi imposible ceder a la tentación de inventarse la vida del desconocido que espera a nuestro lado, y a veces, incluso de seguirlo hasta su casa para averiguar dónde, cómo, con quién vive. La jungla urbana, repleta de tipos raros y solitarios, de seres irresistiblemente misteriosos en su opaco y grisáceo anonimato, de bellezas vulgares y de vulgaridades apasionantes, que inspiró la teoría de la modernidad en escritores como Baudelaire, sobrevive intacta en lugares como éste.

En el progresivo descarnamiento de la vida de las ciudades, ahora que los barrios se confunden cada vez más con las zonas de aparcamiento y los vecinos son figuras intercambiables en un puzle perpetuamente inacabado, los mercados que han resistido en pie la agresión de las grandes superficies representan modelos a escala de una sociedad que se desdibuja sin remedio en el diálogo mudo del comprador aislado con las bandejas de poliuretano cubiertas de celofán, que nunca llegarán a saber su nombre. El mercado es un mundo completo en las tripas del mundo, una realidad que se estrena a sí misma cada mañana, una función diaria de la vida, y tal vez la ventana más privilegiada a la que un escritor puede asomarse para mirar, escuchar y encontrar a sus propios personajes.

Primavera

La vida, a las seis de la mañana

A las seis de la mañana el aire muerde, y el blanco sucede al negro de la noche cerrada. La realidad blancuzca e imprecisa de la franja más árida de la madrugada es del turbio color de las mentiras. Las farolas encendidas, aún necesarias pero inútiles ya al mismo tiempo, proyectan un halo mezquino, de luz sucia, concreta, que presiente el amanecer en su pobreza. El cielo es todavía un espejo oscuro y, sin embargo, acierta a filtrar por algún resquicio un resplandor difuso y sin forma que sumerge las fachadas de los edificios en un agua dudosa de irrealidad, mientras los tacones de cualquier fantasmagórico transeúnte resuenan en el silencio de las aceras desiertas con el eco metálico, impecable, falso, de la banda sonora de una película. Tac, tac, tac. A las seis de la mañana, Madrid no ha empezado a ser Madrid, y puede ser cualquier otra ciudad, y hasta una ciudad distinta en cada esquina. A las seis de la mañana, todas las ciudades viven un tiempo falso de penumbra blanca y sombras equívocas, de taconeos perfectos, ausentes, de figurantes furtivos envueltos en un abrigo oscuro, de esas películas rodadas en color con la imposible nostalgia del viejo blanco y negro.

La sensación es más intensa cuando se vive cerca de un mercado. A las seis de la mañana siempre hay taxis, pero alguna mañana todos los cálculos fallan, las luces verdes emigran del desierto repentino del asfalto, los minutos pasan, los aviones no esperan, y la ciudad no duerme jamás en el mediodía perpetuo del aeropuerto, en la otra punta de esa extensión sin nombre que de un momento a otro se resignará a su destino para empezar por fuerza a ser Madrid una vez más. Por eso, algún día, el chirrido sordo de las ruedas de mi maleta ha amortiguado el eco de mis pasos en pos de un taxi libre, y la fachada del mercado, cerrada y ajena, me ha mirado con la indiferencia de cualquier otro edificio que me desconociera. Pero cuando la realidad tiene dos caras, la frontera es a veces tan humilde como una simple pared de ladrillo.

Antes de las seis de la mañana, a espaldas del mercado, las cosas han adquirido ya el definitivo perfil de su existencia. Mientras todos los edificios parecen paneles huecos de un decorado, y todos los coches comparten el indefinible aspecto de haber sido abandonados, y las marquesinas de cada parada de autobús se yerguen para nadie con un orgullo vano, como las osamentas de una manada de extinguidos dinosaurios, aquí los motores son motores, y las voces, gritos, y las personas, sudor y movimiento. El humo huele a humo, la sangre es roja en esta estrecha calleja que durante el día languidece de inactividad para vivir en secreto un frenesí apresurado y efímero, una grandiosa representación sin público. Las compuertas que a la luz del sol se confunden con la monotonía compacta de un muro oscuro y sin gracia se abren ahora como las fauces de un monstruo capaz de tragarse el mundo en un bocado único, infinito. Los camiones llegan, con su barullo de gases y de ruido, descargan, y se van para dejar espacio a otros camiones, que multiplican la humareda y el estrépito, y el caudal de toneladas de alimentos que van rellenando las tripas del mercado para desembocar horas después, en diminutas porciones, en las bolsas de plástico de quienes probablemente nunca llegarán a preguntarse cómo ha llegado hasta el mostrador de la carnicería su medio kilo bien pesado de chuletas.

Los duendes visitaban cada noche el taller del viejo zapatero, y cortaban, y cosían, y pulían docenas de zapatos que él vendía a la mañana siguiente, tan satisfecho de sus ganancias como ignorante de su origen. Ya no recuerdo si, al final del cuento, él llegaba a descubrir la prodigiosa fuente de su riqueza pero, si alguna vez llegó a levantarse a medianoche, el asombro que le paralizó entre dos peldaños no sería mucho mayor que el que me clavó a mí en mitad de una acera, a la luz blanca de las seis de la mañana, en la película de una ciudad que debería ser Madrid, y aún no lo era, sobre la cuerda floja de la realidad.

Unos ojos tristes

Cuando pasé por delante del quiosco eran solamente tres, y eran como todas. De la misma edad, entre los quince y los diecisiete, compañeras del instituto quizás, amigas desde luego, las tres llevaban camisetas de algodón que terminaban unos cuatro dedos por encima del ombligo. La de la más guapa, castaña, con el pelo largo, delgada pero curvada a la vez, era de manga corta, de color fucsia, y estaba rematada con una serie de hileras de cuentas de colores que seguían con gracia los movimientos de su cintura. La más bajita, peinado de paje medieval, mona de cara y extremadamente flaca, casi escuálida, pero proporcionada en su planitud, había escogido una camiseta roja, de tirantes, bordada en el escote con lentejuelas del mismo color. La mediana, ni alta ni baja, ni guapa ni mona, media melena rizada en las puntas, demasiado escuálida de cintura para arriba, demasiado curvada de cintura para abajo, pero no desprovista del encanto natural de las adolescentes, llevaba una camiseta de tono rosa pálido, escote de barco y mangas cortadas en diagonal, que la favorecía mucho. Las tres iban con pantalones ceñidos, de talle bajo, que dejaban su cintura al aire, y lucían alrededor de las caderas unas bandas anchas —de esas que no cumplen ninguna función aunque se llamen cinturones—, bordadas con cuentas que resplandecían bajo el sol ya indudable de un viernes de primavera.

Pasé por delante del quiosco y las vi, y entonces eran sólo tres, tan parecidas entre sí como todas las demás muchachas que, en grupitos como el suyo, hacían tiempo cerca de la puerta del Pachá, esperando a sus chicos quizás, o acabando de discutir el plan de la tarde. Yo entré en el mercado y las olvidé enseguida. Pero aquella tarde tuve suerte. En el umbral del fin de semana, los puestos estaban misteriosamente desiertos, los pasillos despoblados como las calles de un poblado del Oeste en vísperas de un duelo. Todo el mundo debe de estar en la autopista, pensé, miles de coches parados, avanzando a paso de tortuga hacia Villalba, Alcalá de Henares, Ocaña o cualquier otro punto de referencia intermedio entre la ciudad y un chalet tan remoto e inalcanzable todavía como el paraíso. Nunca sabré si había acertado o no en aquel diagnóstico, pero terminé muy pronto, y cuando salí de nuevo a la calle, ellas no se habían movido. Ahora eran cuatro, sin embargo.

La recién llegada era la más alta de todas, y a pesar de cumplir escrupulosamente con todas las exigencias del mismo modelo, no se parecía en nada a sus amigas. Tenía los hombros muy anchos, un torso de lanzadora de peso o de jabalina, aunque quizás no habría evocado la contundencia corporal de esa clase de atletas si no se hubiera puesto, ella también, una camiseta de algodón muy corta, que terminaba unos cuatro dedos por encima del ombligo para derramar, como la masa sobrante de un bizcocho que se ha cocido dentro de un molde de volumen inferior al necesario, un exceso circular de grasa que rodeaba su cintura igual que un flotador. La camiseta era negra, lisa, de tirantes anchos, sin extravagancias, sin bordados, sin adornos, pero daba lo mismo. Los pantalones también eran negros, ceñidos, de talle bajo, y tan crueles, tan implacables con su cuerpo como la metódica disciplina de un torturador profesional. Al principio no vi nada más. El contraste, las similitudes y las diferencias, la uniforme arbitrariedad de aquella imagen, atrajeron mi mirada como un imán. Pero cuando ya estaba a punto de pasar de largo me obligué a mirarla a la cara. Era una chica guapa. Quizás no tanto como la más guapa, y con un rostro demasiado carnoso, demasiado redondo, pero el óvalo de su cara era armonioso; su nariz, pequeña, graciosa; los labios, bien dibujados, y los ojos, preciosos, unos ojos grandes y claros, alargados, inmensos. Y tristes. Aquella chica se reía, hablaba con las demás, bromeaba, se movía dando pasitos sobre la acera, pero tenía una mirada triste. Estoy segura de eso porque cuando ya me iba giró la cabeza hasta que sus ojos se cruzaron con los míos. Si ya lo sé, me dijo entonces sin hablar, si me doy cuenta de todo, pero ¿qué quieres que haga...? Yo miré al suelo y me marché a casa. Ni ella ni yo teníamos nada que hacer, aparte de maldecir a un mundo que no nos necesita.

Áreas de influencia

El mercado no termina allá donde sus puertas parecen sugerirlo. Como otros edificios grandes y singulares que se alzan con el protagonismo en sus respectivos barrios, él también ha ido configurando poco a poco su paisaje más inmediato hasta convertir las calles que lo rodean en una peculiar zona de influencia. Si las grandes estaciones ferroviarias hacen florecer hoteles y pensiones, si el Museo del Prado siembra tiendas de *souvenirs* y la Puerta del Sol despachos de lotería, mi mercado, aunque de horizontes mucho más modestos, sale también de sí mismo para ejercer una autoridad simbólica sobre el comercio de los alrededores. El resultado haría las delicias de cualquier hipotético sociólogo empeñado en tipificar las necesidades y las aspiraciones del modelo de mujer consumidora de clase media, que puede abastecerse aquí de todo lo necesario para triunfar en su doble y acrisolada vertiente de ama de casa ejemplar y seductora congénita. Las droguerías, las mercerías, las tintorerías, las ferreterías, coexisten pacífica y provechosamente con las peluquerías, las tiendas de cosméticos y perfumes, las pequeñas joyerías y bisuterías, los gimnasios, y hasta un flamante local de bronceado por rayos UVA —renovarse o morir—, que convertirían las oficinas bancarias en una excepción si no fuera por un pequeño y hermético *sex-shop* que acapara para sí mismo todos los grados de la rareza.

En este contexto, tan típicamente representativo de lo típicamente femenino —por eso el sociólogo al que he aludido antes es sólo hipotético, porque, descontando los rayos UVA, y los bombos y los platillos que han celebrado el comienzo del milenio de las mujeres, yo me temo que, por desgracia, no hay tantas cosas nuevas que tipificar—, subsisten algunos viejos negocios que no necesitan conservar la fachada ni el mobiliario original para hablar de otras épocas, otros modos de vida. Son reliquias de un tiempo ya remoto en el que cada cosa tenía su valor, y éste bastaba para que mereciera la pena repararlas cuando se estropeaban. El taller de reparación de calzado sigue oliendo exactamente igual que en mi infancia, y perfuma la acera con el aroma delicioso y tóxico de un pegamento especial de color de caramelo. Cerca sigue habiendo un cerrajero, y un local pequeñito donde se enfilan collares, y otro que ofrece cremalleras de todas las variedades imaginables, y una modista que vuelve abrigos, arregla solapas, y ensancha o estrecha las costuras de cualquier prenda. Todos ellos parecen aguantar el tirón, porque conservan como mínimo una clientela de la misma edad que sus propietarios, y sin embargo, su futuro, más que dudoso, es improbable. Cuando paso por delante de su puerta, recuerdo aquellos misteriosos cilindros de metal que vibraban mientras una especie de aguja manejada por dedos expertos trazaba diminutos círculos sobre una superficie de nailon transparente, y me pregunto si algún niño de los de ahora sería capaz de encontrar la solución de ese acertijo, cuando ni siquiera yo me acuerdo de en qué momento empecé a tirar las medias con carreras a la basura. La memoria de la máquina desaparecida me produce una extraña sensación de superviviente de un planeta extraño, e imprime un inquietante tono sepia a las fachadas de esos muertos en vida, las pequeñas tiendas y talleres condenados a subsistir apenas en futuros catálogos de exposiciones.

En resumen, un paseo por los alrededores del mercado también sirve para meditar sobre algunos paradójicos aspectos de la idea de progreso, un concepto que aquí, más que identificarse, llega a confundirse con el de consumo. Nada ha cambiado pero todo ha cambiado, porque ha cambiado el valor de las cosas. Amas de casa ejemplares y seductoras congénitas, las propietarias del nuevo milenio atraviesan en masa las puertas de las tiendas de «Todo a cien» y arramblan con toda clase de objetos de mala calidad y precio fijo, que no llega ni siquiera a un euro. Y todavía se creen que están haciendo un buen negocio.

El maquillaje de la pescadera

Hoy, los ojos de la pescadera son como una selva oscura y misteriosa, un paisaje africano de verdes intensísimos y marrones dorados, un prodigio de equilibrada audacia. Cada vez que la veo, me pregunto a qué hora se levantará, cuánto tiempo invertirá en la calculada ceremonia de su embellecimiento, qué factores la empujarán mañana a cambiar de paleta, a escoger otros tonos, tal vez los blancos y los grises que instalan en sus párpados un nevado horizonte de fiordos helados, destellos de un brillo líquido, metálico, frío y distante como la lujosa piel de las merluzas. Su mano derecha, siempre húmeda y orlada por la impecable amenaza de las uñas, parece a punto de desprender cinco gotas de sangre sobre la inmaculada superficie del hielo picado mientras vuela despacio sobre los confines de su reino, vacilando un instante antes de escoger aquel lenguado o este puñado de boquerones. Entonces, sus labios de reina de ciencia-ficción, minuciosamente delineados con un lápiz muy oscuro y rellenos a conciencia con una pasta espesa, apenas ligeramente más clara, emiten un gruñido de aprobación que da comienzo al espectáculo antiguo del rascador y las escamas, las espinas arrancadas de cuajo, y ese ojo único, redondo y pavoroso, que aún es capaz de mirarme de perfil durante un instante, antes de ir a parar al cubo de la basura con el resto de una cabeza recién cortada.

La carnicera, oronda y sonriente, no se ha arreglado para ir a una boda. El oro que reluce en sus orejas, y reposa sobre la mullida almohada de su escote, y tintinea en sus muñecas redondeadas, y se incrusta en las compactas falanges de sus dedos, la acompaña cada mañana al trabajo con la misma resignada mansedumbre que su bata de algodón. La tarima que la eleva sobre el suelo al otro lado de las vitrinas de cristal refuerza un deslumbrante efecto de altar barroco que merece ser admirado de lejos, mientras ella, con los brazos cruzados sobre el pecho y todas sus joyas a la vista, espera a sus clientes con un gesto pacífico y acorazado al mismo tiempo. Casi me da pena acercarme, interrumpir el formidable ejercicio de su majestad con la más villana de las peticiones, obligarla a descomponer la figura en pos de esa pieza de babilla que está justo en una esquina del mostrador y que, en un momento, justo cuando termine de afilar su inmenso machete trapezoidal con un vigor salvaje y la barra de hierro que sostiene en el puño de su mano izquierda, va a convertir para mí sin esfuerzo y sin dolor en un kilo y cuarto de filetes.

El delantal de la dueña de la casquería es el más blanco y el más bonito de todos. El monótono desfile de mandiles de lona, de un color imprecisamente oscuro y el aspecto amorfo que tendría un pedazo de tela cualquiera atado con un cordón alrededor del cuello, se interrumpe luminosamente en el festón que recorre su pechera, albergando en cada onda un ramito de flores bordado en hilo muy claro. No sé cómo conseguirá darle ese aspecto de camisa de bebé, de lienzo de iglesia, de cuello almidonado de los de antes, pero en la distancia que imponen las vísceras, la delicadeza de ese tejido inmaculado transmite una serenidad diaria y placentera, como el sabor que tenía el pan con chocolate a la vuelta del colegio. La casquera mima su delantal y él paga con creces sus desvelos, llevándola muy lejos del sombrío y sanguinolento país donde habitan sus manos. Cuando éstas depositan un paquete sobre el mostrador, mis ojos obedecen las órdenes de la tela bordada y la siguen al limpio y florido paisaje que su cuerpo no ha llegado a abandonar nunca.

La realidad ofrece pocos detalles tan conmovedores como el maquillaje de la pescadera, las joyas de la carnicera, el delantal de la casquera, versiones diferentes del mismo espíritu, obras de la misma feroz determinación a mantener a salvo la dignidad personal a cualquier precio. No sé si otros clientes reparan en su esfuerzo. A mí me gusta verlas por la calle, los domingos por la mañana, y tener que esforzarme para reconocerlas.

Los sentimientos de los metales

Estoy en la cola de la frutería y la veo venir andando, muy resuelta, con muchas prisas. Antes de preguntar quién es el último, ha consultado ya una lista pulcra y decorada, medio folio plagado de asteriscos, paréntesis y chirimbolos que glosan una docena larga de palabras meticulosamente alineadas a su izquierda. Escribe con un rotulador de punta fina y color rosa fosforito, en una letra clara, redonda, que conserva la debilidad infantil de coronar las íes con circulitos en lugar de simples puntos. Una vez leí en alguna parte que la economía de signos es un indicio grafológico de inteligencia, porque los detalles elaborados o superfluos representan una inversión de trabajo y tiempo que no arroja ninguna mejora sustancial, pero ni yo profeso la fe de la grafología, ni ella tiene edad suficiente para reprocharle los juveniles derroches de su escritura. Más bien la justa, calculo, mientras la veo acercarse al puesto, mirar de cerca algunas pilas de frutas, de verduras, cotejarlas de inmediato con sus exigencias, fruncir las cejas para revelar un instante de desaliento. No habrá cumplido los veinticinco, y en su dedo reluce un anillo de oro nuevo, limpio, flamante, que no ha empezado aún a comerse su carne, a incrustarse en su piel, a estrangular su base como los collares las gargantas de ciertas mujeres africanas, que se embellecen alargando su cuello hasta hacerlo semejante al de las jirafas. Porque eso es también lo que hacen las alianzas con los dedos de las personas que no se las quitan nunca, y engordan, y adelgazan, y se duchan, y duermen, y maduran y envejecen con ellas. Y da igual que miren su huella amorosamente, o con un odio que hierve en los ojos, como al símbolo supremo de una vida enjaulada, desperdiciada, infeliz. Porque los metales no tienen sentimientos, y cumplen su función sin hacer preguntas.

Pero ella tiene veinte años, poco más de veinte años, un anillo nuevo en el dedo, cara de ser feliz. Y aún está en la edad de hacer preguntas. Antes pide perdón, se disculpa de antemano, llama la atención del frutero con una voz muy fina, frágil como su cintura.

—Perdone... —él la mira y le sonríe, porque es joven, y guapa, y habla bajo, con mucha educación, y cae simpática—. ¿Tiene chalotas?

—No, pero le puedo dar cebollitas francesas, si quiere.

—¿Son lo mismo?

—Parecidas.

—Ya...

Entonces le mira, vuelve a estudiar su lista, parece indecisa, decide proseguir.

—¿Y alcaparras frescas?

—No, eso sí que no... —el frutero levanta la cabeza, se rasca la frente con uñas perplejas, balbucea, la mira otra vez—. Y no creo que las encuentre, en Madrid por lo menos. Yo llevo más de treinta años en esto y sólo las conozco en conserva.

—Y de hojas de parra..., ya ni hablamos, ¿verdad? —él niega con la cabeza, sigue sonriendo; ella no—. ¿Naranjas sanguinas?

—¿En esta época del año?

—¿Flores de calabacín?

El frutero niega ya sin palabras, pero la mira igual, con la misma sonrisa, la misma simpatía. A mí me sucede algo parecido. Durante un instante me traslado a vivir en una novela inglesa, una de esas novelas donde siempre habita un personaje mujer, de mediana edad, satisfecha con su vida hasta donde se lo consiente su lucidez, amable, a veces amada todavía, y muy cariñosa, que se dirige a la protagonista, una mujer con problemas, más joven que ella, para darle consejos que, con independencia del tema que los inspire, comparten un mismo e invariable prólogo, «mira, cielo»; «mira, cariño»...

«Mira, cielo», me gustaría decirle, «cuando vuelvas a tu casa, que será muy pequeña, muy luminosa, muy acogedora a pesar del desorden, y gracias a los muebles de pino, a las plantas bien regadas de las mujeres sin hijos, y a las fotos y carteles de todas las paredes, tira ese recetario a la basura. Y aprende que vives en un país sin chalotas, donde las hojas de parra no se cocinan y los huertanos pisan las flores de los calabacines, aunque la mayoría de los *chefs* que escriben un libro sean tan tramposos, tan mentirosos y tan cicateros como los de cualquier otro país del mundo. Y procura ser feliz, y no aceptar más estigmas que aquellos que un día puedas mirar con amor, cuando tu dedo anular ya esté deformado, menguado, deforme como el cuello de una mujer africana, tan estrecho en la base como el cuello de una jirafa de juguete.»

Eso me gustaría decirle, pero no digo nada. Ella mira su lista, se despide, se marcha, y yo la miro, sigo mirándola cuando dobla la esquina.

Los jóvenes de ahora

Los padres son un poco mayores que los tíos, y su aspecto induce a pensar que han prosperado más que ellos. Cuarenta y pocos años ambos, él trajeado, repeinado casi con exasperación; ella embutida en un Chanel de pacotilla, recién salida de la peluquería, cadenas doradas repartidas por todo el cuerpo, a juego con las mechas rubias de su melenita, entran en la bodega como si caminaran debajo de un palio con un cartel luminoso que anunciara: «Hoy comemos en un restaurante». Sus hermanos —el hermano de ella y su mujer, según tendré ocasión de averiguar dentro de poco— tienen aproximadamente la misma edad, pero su fidelidad a los códigos estéticos de los años setenta los hacen parecer más jóvenes a veces, y a veces más viejos. Ambos llevan vaqueros, camisetas y americanas informales, de terciopelo burdeos la de ella, de ante color miel la de él. Los niños me desconciertan. Son dos, y no se parecen mucho, así que al principio opto por pensar que se trata de dos hijos únicos, pero enseguida me doy cuenta de que son hermanos, e hijos de la armoniosa unión de la bisutería y la gomina. Ella no tendrá más de trece o catorce años, y parece salida de la portada de un elepé de Janis Joplin, alguno de esos remotos discos de vinilo que sus padres no habrán oído jamás, pero sus tíos conservarán con amor en alguna vetusta estantería de tablones de pino sin desbastar, de esas que se compraban a tres mil pesetas en las carpinterías de Cascorro. Lleva vaqueros muy desgastados, un blusón de aire vagamente hindú en tonos lila y un foulard deshilachado enrollado alrededor de la cabeza como si fuera un turbante. El aspecto de su hermano mayor, que tal vez ya sea mayor de edad, es más difícil de definir. Lleva unos pantalones desaforados, que le están más que grandes, más que inmensos, caídos a la altura de la cadera, unas zapatillas, o quizás sean botas, o quizás zapatos, parecidos a los que solían usar los astronautas en las películas de ciencia-ficción y bajo presupuesto que todavía se rodaban en blanco y negro, y dos camisetas superpuestas, una estampada, de manga corta, y encima, otra de tirantes. Seguramente usa la misma gomina que su padre, pero para conseguir un aspecto muy distinto, y sus orejas, su nariz y una de sus cejas están perforadas y adornadas —es un decir— por respectivos aros de acero quirúrgico.

Espero que estas breves descripciones les hayan bastado para clasificar a los personajes de la escena. En ese caso, el diálogo les sorprenderá tanto como a mí.

—Hola —el hijo mayor se dirige al mostrador con una sorprendente convicción—. Queremos comprar una botella de coñac muy bueno, del mejor que tengan...

—Esto es una tontería —dice la madre.

—Desde luego —dice la tía—. Habría sido mucho mejor regalarle un buen paquete de películas de vídeo.

—Eso, para que las veáis vosotras... —corta su sobrina.

—O un buen reloj —aventura el padre.

—Sí, con 98 años... —su hijo le fulmina con una mirada cargada de desprecio—. Para que lo heredes tú, no te fastidia.

—O yo —interviene el tío, y me pregunto cuánto tiempo habrá pasado desde que estuvo de acuerdo con su cuñado por última vez—. Cualquier cosa menos tirar el dinero.

—No es tirar el dinero —insiste la niña—. Él se va a beber el coñac y lo va a disfrutar. Cumple 98 años, ¿no? Es su cumpleaños, y su regalo tiene que ser para él.

—Pero no le conviene beber...

—¡Mamá, por favor! —su hijo se escandaliza tan profundamente que ni siquiera tiene tiempo para reírse—. Va a cumplir noventa y ocho años, no-ven-ta-y-o-cho, ¿te enteras? A esa edad le conviene todo lo que le guste. ¿O es que el coñac no le ha dado buen resultado hasta ahora?

—Yo habría preferido comprarle una butaca nueva.

—¡Ya está bien, mamá! —la hija suma argumentos nuevos al discurso de su hermano—. ¡Es tu abuelo! ¿Qué pasa, que no le quieres? Pues yo sí le quiero, y no estoy dispuesta a que se dé cuenta de que todos pensáis solamente en regalarle cosas que os vengan bien para llevároslas de su casa el día que se muera. ¡Porque no quiero que se muera! Y me importa un pito lo que opinéis vosotros, lo que opine tu madre y lo que opine el médico de cabecera.

—¡Desde luego, qué egoístas y qué cerriles y qué absurdos sois los jóvenes de ahora! —sentencia la madre.

—Desde luego —la apoya su marido.

—Desde luego —aprueba su cuñado.

—Desde luego, desde luego —remacha su mujer.

Luego, los benditos bisnietos escogen una botella de coñac, la pagan con el dinero de sus mayores y se van a comer tan contentos con su afortunado, envidiable bisabuelo.

La duda

Él todavía no se ha dado cuenta.

Es un hombre joven, pero no tanto, de unos treinta y cinco años, quizás algunos menos o incluso alguno más. Da lo mismo. Es un hombre alto, pero no tanto, un metro ochenta y dos, tal vez ochenta y cinco, calculo tras echarle un vistazo a mis tacones. Da lo mismo. Es un hombre atlético, pero no tanto, porque una americana de la talla 52, a lo mejor de la 54, que le favorece mucho a sus espaldas, deja entrever, a la altura de su abdomen, un cierto cansancio que en la mayoría de los hombres se llama barriga, pero que en él no me atrevería a calificar sino como el fruto de su experiencia. Eso, por supuesto, daría también lo mismo si esa pequeña y ambigua imperfección no sirviera para hacerle consoladoramente humano. Es un hombre guapo, pero no tanto, y por eso es más guapo aún. Tiene el pelo liso, castaño, los ojos castaños, grandes, la nariz grande, recta, la mandíbula recta, cuadrada, y una boca corriente, labios regulares, ni gruesos ni sumidos, ni demasiado dibujados ni de perfiles desvaídos. Parece un hombre del montón, a primera vista lo es, y sin embargo, su belleza tiene una cualidad misteriosa, secreta, secuencial, que puede pasar desapercibida a primera vista, pero que crece, y crece, y crece, y no para de crecer, cuando cualquier otra persona con dos ojos en la cara tiene la oportunidad de estar a su lado más de medio minuto. Y lo más divertido es que él no lo sabe, que no se ha dado cuenta todavía.

A mi derecha, una de esas mujeres de mediana edad que preferirían salir a la calle desnudas antes que con un bolso que no hiciera juego con sus zapatos y que corrigen inmediatamente —*señorita*, si no le importa— a cualquiera que se dirija a ellas sin reparar en lo juveniles y atractivas que se encuentran a sí mismas, se ha fijado ya, desde luego. A mi izquierda, una jovencita con la cara perforada en varios puntos, el estómago al aire y zapatones psicodélicos, le mira con una expresión de recogimiento tal, que me induce a pensar que sería capaz de ir inmediatamente a la peluquería a quitarse las mechas rosas y moradas del flequillo si él se volviera para pedirle el teléfono. Un poco más allá, ante el puesto contiguo, una devoradora clásica, treinta y tantos, rubia platino, algunos kilos de más pero buen cuerpo, se acuerda de repente de que tiene algo urgentísimo que comprar en la carnicería y abandona la cola de la fruta para avanzar entre nosotras dando codazos, y rozarse con él —perdone, le dice, no, perdone usted, responde él, tan educado el pobre...— mientras simula estudiar con atención las paletillas de cordero. La más perjudicada por su avance es una mujer de la misma edad, una chica mona, morena, ojos azules, con buen tipo, vestida y peinada sin estridencias, que había logrado colocarse al lado de nuestro hombre y le miraba sin llamar la atención hasta que la doble de Mae West la quitó de en medio de un empujón. El resto de los personajes de la escena son dos ancianas, una más perspicaz que otra a juzgar por las miradas que reparte a su alrededor, el carnicero, que bastante tiene con trabajar, y yo, que estoy escribiendo estas páginas de memoria mientras procuro no perder ripio.

Cuando llega su turno, él titubea durante unos instantes antes de empezar a comprar carne por unidades, un filete de ternera, una chuleta de cerdo, cuarto de carne picada. ¿Algo más? Nada más. Una oleada de profundísima satisfacción sacude a sus devotas espectadoras. Vive solo. ¿Está soltero? No, imposible que haya llegado soltero a esta edad. Está separado, y yo diría que se acaba de separar. ¿Será gay? Ni hablar, no tiene pinta y además, si fuera gay, sabría hacer la compra, porque llevaría muchos años viviendo solo, y si no, vendría al mercado su pareja, porque no tiene ni idea de lo que cuesta un filete. ¿Y si es gay y se acaba de separar? Ah... Ah... Ah... Ah... Mientras cuatro caras distintas reflejan a la vez un solo interrogante, él paga la cuenta, se despide del carnicero y se marcha sin haberse dado cuenta de nada. No es el único. Ninguna de sus admiradoras ha advertido, tan pendientes estaban de su rostro, que en la cartera que ha abierto para pagar, guarda una foto con dos niños pequeños, los dos varones, los dos con el pelo liso, castaño, los dos con los ojos castaños, grandes... Durante un instante, siento la tentación de decirlo en voz alta, pero cuando llega mi turno, compro la carne, y me voy. Al fin y al cabo, sólo soy la narradora.

Por un yogur descremado

El límite último de la desesperación es un yogur descremado. Lo sé porque en el tercer puesto donde pregunto por ellos, la dependienta, muy flaca pero muy, muy simpática, me desanima con una sonrisa, sin tomarse el trabajo de escudriñar un armario frigorífico donde la plenitud de las baldas ricas en calorías se alterna con el desierto absoluto de las promesas dietéticas. En el mercado, a estas alturas de junio, no queda ni un solo yogur descremado, ni sólido, ni líquido, ni con trocitos, ni sin trocitos, ni en tarro de cristal, ni con bífidus, ni por compasión. Mientras miro a mi alrededor, sin advertir progreso alguno, por cierto, en las siluetas que me rodean, pienso que los condenados a vivir en un régimen de régimen perpetuo deberíamos tener derecho a abono, o contar al menos con la complicidad de los proveedores. Ellos podrían guardar algunas unidades debajo del mostrador, hacernos un gesto discreto para indicarnos que esperemos hasta que se despeje el pasillo, meter los tarritos en una bolsa de papel opaco, y entregárnoslos por la puerta de atrás, como si fueran pornografía, droga o libros prohibidos en una dictadura. Cuando se lo cuento, la dependienta simpática se echa a reír, y hasta me promete que se lo pensará.

Una vez eliminada la posibilidad de los yogures descremados —y de sus primos hermanos, los quesitos descremados, que están mucho más ricos, mejor ni hablamos—, repaso la escueta lista de los suplentes. Siempre nos quedará la pechuga de pavo, un poco monótona, un poco sosa, un poco aburrida, pero masticable, que ya es bastante. Las bebidas energéticas a base de zumo con fibra y sin calorías tampoco están mal, pero no se mastican, y lo único que consuela de verdad, en estos casos, es hacer como que se come. Luego está toda la familia de las galletas, dulces o saladas, blandas o crujientes, rellenas o sin rellenar, que de entrada dan el pego. Sin embargo, un instante después, en ese mismo instante en el que parece que has logrado convencer a tus muelas, su sabor envía al cerebro una señal que activa el recuerdo de que existen las auténticas galletas, y ahí se fastidia todo. Cuando tu propio cerebro te increpa, pero ¿de qué vas?, imbécil, ¿es que te has creído que me vas a engañar?, las papilas gustativas se ponen inmediatamente de su parte y entran unas ganas enormes de llorar. Por eso no me gustan las versiones acalóricas de los alimentos clásicos, que sólo sirven para despertar un deseo fulminante e incontrolable de lanzarse de cabeza a las versiones calóricas, que siempre han sido, son y serán las mejores «en toda la extensión de la palabra», como decía doña Lupe la de los Pavos en esa época bendita en la que las mujeres como Fortunata se ponían moradas de frutos secos, y cuantas más avellanas comían, más ligaban, las abusonas. Ahora, que debe ser una técnica de marketing. Alguien ha debido estudiar en algún despacho con vistas a rascacielos y aire acondicionado, que una bolsa de patatas fritas *light*, por ejemplo, inspira en cualquier desgraciado ser humano que haya tenido la mala idea de comprársela, la necesidad —y nótese que he escrito necesidad, no impulso, ni tentación, ni deseo— de tirarla enseguida a una papelera y comprarse una bolsa de las de al lado, de esas que tienen un cartel que dice «fritas en aceite de oliva». Así venden el doble. La única excepción son los yogures, porque de los normales a los descremados hay tan poca diferencia que no tiene sentido tirar el dinero. Por eso, los adelgazadores de temporada han descubierto el truco tan deprisa.

Mientras me resigno al filete a la plancha con ensalada, que no es que esté mal, pero a estas alturas de mi vida, cuando debo ir ya por la edición tres mil y pico, guarda pocas sorpresas para mí, pienso en san Agustín, en santo Tomás de Aquino y hasta en Torquemada, y calculo que estarán contentos, porque al fin y al cabo, y contra todo pronóstico, han logrado triunfar en los albores del tercer milenio. ¿Quién recuerda ya la revolución sexual de los años sesenta? Sida mediante, y con la ayuda inestimable de Calvin Klein, hemos vuelto a vivir en nuestro cuerpo como en una cárcel. Porque somos idiotas, me digo, y yo la primera, antes de decidir que hoy la ensalada va a ser sólo de lechuga.

La vergüenza

Me he comprado unas gafas de sol nuevas. Negras. Negrísimas. Completamente opacas. Gafas de ciega, pero no para no ver, sino para que no me vean. Me las pruebo ante el espejo del recibidor de mi casa, resignada ya a salir a la calle, y me pregunto de qué otros recursos podría disponer para disfrazarme. Una peluca no estaría mal, pero la única que tengo a mano es de mi hija pequeña, una escarola de rizos morados que forma parte de un disfraz de hippy que le regalaron por su cumpleaños. Sería peor el remedio que la enfermedad, así que al final opto por recogerme el pelo en un moño bajo, como el que no he llevado nunca en mi vida antes de ahora, y ponerme encima un pañuelo estampado, asegurado con un nudo debajo de la barbilla. El efecto es chocante, sobre todo en estos días que estrenan una primavera largamente acariciada, pero satisfactorio como camuflaje. No me doy por contenta, sin embargo, y por eso me cubro con una gabardina larga, de hombre, antes de calzarme un par de esas monstruosas botas galácticas que usa mi hijo mayor y que, como era de esperar, me están grandísimas. No importa. Vuelvo a mirarme en el espejo, con más atención, y apruebo mi flamante aspecto, que me sitúa a medio camino entre una esquizofrénica libre de marcajes y una mendiga muy probablemente alcohólica. Me felicito por mi astucia. Cualquier cosa es mejor que parecer lo que soy.

Estoy a punto de abrir la puerta cuando, de repente, suena el teléfono. Retrocedo por el pasillo con pasos tácitos, como diría ese pobre desgraciado que se llamó Miguel de Cervantes, y me detengo en la puerta del estudio a observar que mi marido, con la cara contraída por la preocupación y un ademán gatuno, sigiloso, se ha acercado ya al aparato que sigue sonando como un maldito, insensible al catastrófico cariz al que aboca a nuestro destino. Mientras me preparo para lo peor, repaso mentalmente el calendario para intentar adivinar qué será esta vez. ¿Le habrán vuelto a robar un gran premio institucional a un incauto e inocente poeta? No, me contesto, eso no vuelve a tocar hasta después del verano. ¿Será entonces que un buen escritor, amigo nuestro, ha vuelto a perder un premio multimillonario a manos de una novela mucho más golosa comercialmente que la suya, pero presentada casi cinco meses fuera de plazo? No, reflexiono, eso tampoco podrá ocurrir de nuevo hasta el año que viene. ¿Se tratará acaso de un plagio, de éste, de ése, de aquél, o quizás de uno nuevo, desconocido hasta ahora pero que sin duda, y en virtud de lo que parece ya una aplicación de la ley de progresión geométrica, resultará peor, más infamante, más duro de tragar que los anteriores? Bien puede ser, porque en esta temporada cosechamos plagios en todas las estaciones del año, igual que si los cultiváramos en un invernadero. Pero no. Es sólo mi hermana, que llama para contarnos que se ha hundido el techo de su casa y los cascotes le han roto las dos piernas. Después de ofrecernos para lo que haga falta, respiramos aliviados.

Salgo a la calle y me aso de calor, pero apresuro mis pasos hacia el mercado, dispuesta a despachar lo antes posible este mal trago. No queda más remedio, porque ya nos hemos comido todas las latas de la despensa. Al cruzar por el paso de cebra, noto que la gente me mira, pero nadie parece reconocerme. Sin embargo, enseguida comprendo que he cantado victoria antes de tiempo. El frutero ha dejado de descargar cajas de naranjas de una camioneta, y está parado en la acera, mirándome, las cejas arqueadas de puro estupor mientras me ve venir, vestida como uno de los personajes de sus pesadillas.

—¿Qué pasa, Almu?

No me mires así, Alberto, quisiera decirle, no me mires así, que yo no sé nada, de verdad, yo no soy cómplice, ni encubridora siquiera de ninguno de estos enjuagues, te lo juro, yo estoy metida en mi casa, escribiendo una novela, escribiéndola yo misma, en serio, puedes venir a verlo cuando quieras, estoy pensando en ofrecerle visitas gratuitas a la Junta Municipal del Distrito Centro, que vengan los alumnos de los institutos un día a la semana a tomar apuntes y los cotejen luego, cuando publique el libro, no me mires así porque yo no sé nada, te lo juro, yo no gano premios amañados y tampoco plagio a nadie, de verdad, yo no sé nada ni tengo culpa de nada...

—¿Adónde vas así... —insiste él, ante mi silencio—, con el día tan bueno que hace?

Agradezco su piedad ahorrándole argumentos, aunque la verdad es que no tardaría mucho en explicarme. Porque pasa que soy una escritora española, solamente. Y que me muero de vergüenza.

Una cuestión de céntimos

Una señora mayor con cara de pajarito frunce aparatosamente las cejas ante la oferta de la pescadería. El panorama no puede ser muy distinto del que habrá contemplado ya miles de veces: un bodegón de tonos grises, blancos y rosados sobre un lecho de hielo y perejil; un mundo igual y distinto, pero capaz de expresarse con pareja contundencia en la terrorífica sonrisa de las cabezas de rape y en la candorosa miopía de los lenguados. Sin embargo, al acercarse a estos últimos, ella los mira con la atenta expresión de una alumna aplicada, sus ojos concentrados en esos peces que no son hoy menos oscuros, menos planos y tan cegatos que cualquier otro día. Entonces, durante un instante, su rostro de canario desconfiado adquiere cierta condición rapaz, que afila la arista de su nariz ganchuda para prestarle la apariencia de un águila pequeña, anciana y un poco torpe ya después de tanto vuelo. Como si pudiera leerme el pensamiento, se yergue de pronto, resopla, se da por vencida, y con las cejas igual de apretadas, igual de esforzadas en el garabato que desordena las arrugas de su frente, vuelve a meter la mano en el bolso y rebusca un rato en su interior hasta que da con unas gafas. Las lentes de aumento devuelven una apacible estabilidad a la cansada piel de su rostro mientras empieza a mover los labios en silencio, hablando consigo misma, como si rezara.

Pero no reza, está contando. No lleva la cuenta con los dedos porque, con tanto decimal, no le serviría de nada, pero creo que le gustaría poder hacerlo, encontrar algún recurso de párvulos que la consolara, que la acompañara en su confusión. Esta semana, en los pequeños carteles de plástico que fijan el precio del pescado, el euro ha ganado un cuerpo, el mismo que han perdido las pesetas, que aparecen en el límite inferior, muy pequeñitas ya y escritas en rojo, el color maldito de los balances financieros. No me extraña que le cueste trabajo descifrar los familiares números redondos que parecen achantados, encogidos a la sombra de las poderosas comas azules. Tampoco que rezongue entre dientes, este invento del demonio, para que los pescaderos sonrían y la regañen con una blandura cómplice, cariñosa, venga ya, doña Margarita, si usted siempre se lleva lo mismo, un lenguado y un cuarto de boquerones, ¿para qué mira tanto, a ver, para qué...? Lo que, sin embargo, me sorprende de verdad es que, cuando ya podría apostarme cualquier cosa conmigo misma a que está buscando un pañuelo para limpiarse las gafas, saque del bolso una calculadora pequeña, de esas azules y amarillas, y empiece a teclear como una loca.

¡Pero bueno...! El pescadero se olvida por un momento del papel que sostiene en la mano izquierda y de los salmonetes que ha cogido ya con la derecha, y arquea las cejas para mirarla con un asombro tan genuino como el mío. Pero ¿qué hace, doña Margarita, no ve que eso ya lo he hecho yo esta mañana? ¡Qué barbaridad! ¿Qué se cree, que ponemos los precios al tuntún? Ella levanta la cabeza muy lentamente, lo enfoca bien y no se toma el trabajo de responderle. Su frustrado interlocutor la deja por imposible, vuelve a los salmonetes y al papel encerado, pesa el pescado, hace el paquete, lo cobra y pregunta quién es la siguiente. Yo, dice doña Margarita. A ver, ¿qué le pongo? Un lenguado grandecito y un cuarto de boquerones. Miro al pescadero, el pescadero me mira a mí, yo me echo a reír, él también, y entonces un nuevo personaje entra en escena. ¡Diga usted que sí! Quien habla es otra mujer, más joven y muy gorda, de unos cincuenta y muchos, tal vez sesenta años, que mueve mucho las manos mientras alaba con palabras vigorosas las virtudes de ambas calculadoras, la humana y la electrónica. Diga que hace usted muy bien, porque... ¡anda que no nos van a timar éstos con la historia del redondeo! Va a ser una ruina lo del dichoso euro, una ruina, mire usted lo que le digo... A esas alturas, el pescadero ya ni rechista. Yo tampoco, pero mientras espero mi turno vuelvo a celebrar íntimamente, como hago todos los días y más de una vez en los últimos tiempos, la suerte de haber nacido en este continente viejo y agotado, exhausto y aburrido, cívico y monótono, donde doña Margarita se permite el lujo de angustiarse por unos pocos céntimos de euro.

Una larga, larga infancia

No sólo los niños sucumben al formidable hechizo de las paredes de cristal repletas de minúsculos tesoros de todos los colores. Lo difícil, a cualquier edad, es no regocijarse ante esta compacta imagen de la opulencia, como la cornucopia universal de cualquier mitología infantil, la dulcísima clave de un cielo azucarado. La tienda de los frutos secos demuestra que la felicidad existe y que se puede paladear lentamente, fraccionada en unidades de alegría portátil hasta donde la sabiduría del comprador sea capaz de estirar una simple moneda de veinte duros. Los críos lo saben y por eso se toman su tiempo para recorrer una y otra vez las paredes de vitrinas cuadradas, transparentes, profundas, que revientan de pipas, de nueces, de kikos, de almendras, de caramelos de todos los tamaños, de todas las texturas, de todos los sabores, rellenos, sólidos, blandos, duros, empalagosos, ácidos, desnudos o cubiertos de papel. A veces se detienen en seco, parecen decidirse, plantan las dos manos encima del cristal, palpan el futuro con la yema de sus dedos y la experta codicia de un ladrón de cajas fuertes, vacilan, titubean, y continúan moviéndose con pasos torpes, desorientados, como si tanta riqueza, multiplicada hasta el infinito por el espejo que recubre la única pared libre del local, les embriagara hasta proyectarlos más allá de su primera borrachera. Desde la mañana del domingo hasta la sobremesa del viernes, esta tienda pequeña, abierta a la calle en la fachada del mercado, es el paraíso y el infierno de la economía más menuda, la única que todavía se sigue contando en duros. Las amas de casa que compran patatas fritas y los anfitriones despistados que encuentran la nevera desierta a destiempo de cervezas frías no son competencia para una incalculable multitud de parroquianos de recursos exiguos, ánimo tenaz y estatura media muy inferior al metro y medio. Los fines de semana, sin embargo, la clientela cambia tan bruscamente que los niños llegan a perderse en su propio reino, el territorio fabricado a su medida que parece encoger de repente al albergar un bosque súbito de piernas larguísimas, sobre las que un imprevisto ejército de adolescentes miran a los ojos del vendedor tras la muralla de lo dulce y lo salado sin necesidad de levantar la cabeza. Entonces es cuando se pueden escuchar conversaciones como ésta:

—Deme una botella de ron, dos de Coca-Cola y tres litros de cerveza...

El que habla suele ser varón, alto y aprendiz de líder natural. Ocupa el centro de un grupo reducido, como un destacamento de la pandilla que espera en la acera, pero sólo presta atención a la chica que está a su lado.

—¿Cuánto es? —pregunta cuando su pedido reposa ya sobre el mostrador. Luego abre la mano, mira el dinero, hace un rápido cálculo mental, y añade—: Póngame también doscientas pesetas de pipas saladas.

En ese momento, la chica que le acompaña le da un codazo.

—Vale... Y dos barras de regaliz rojo rellenas de crema.

Ante la debilidad sentimental del portavoz, algún chico bajito y con acné se atreve a defender en voz alta sus propios intereses.

—Y ciento cincuenta de gominolas.

—¡Sí, hombre! —se pica el capitán de la tropa amotinada—. ¿Y qué más?

—¡Joder, macho! Yo he' puesto quinientas pelas y quiero gominolas, ¿qué pasa?

El imprevisto aplomo del insurrecto enardece a la masa, y mientras éste pide dos chicles de fresa, aquél reclama cien gramos de conguitos, y la novia del tercero se asoma a la puerta para pedirle que no se olvide de comprarle cinco nubes de las grandes. Al final, por supuesto, acaba faltando dinero, y la facción de las gominolas se enzarza en una feroz discusión con los partidarios del regaliz, ante la aburrida mirada del dependiente y el pasmo que congela la cara de cualquier espectador accidental. Cuando por fin se ponen todos de acuerdo, las terroríficas hordas del alcoholismo juvenil salen a la calle con alguna botella de menos y una docena de bolsas de chucherías de más. Yo los veo pasar por mi lado y la verdad es que, a veces, no sé qué es peor.

Escupiendo al cielo

La derrota sabe a plomo, igual que el miedo. Yo conozco ese sabor, lo reconozco; intuyo su potencia, su amargura metálica, porosa, en muchos de los rostros que se cruzan con el mío en el mercado, la cabeza más alta de lo natural, una sonrisa forzada en los labios y el deseo de olvidar, de olvidarse, inyectado en los ojos que aceptan sin pestañear la sincera condolencia de los que han triunfado. La caridad es la marca de fábrica de los triunfadores, la naturaleza más propicia a esas personas sobrias, equilibradas, serenas, que siempre se conduelen, porque la condolencia no les cuesta trabajo. Los madridistas son casi una ONG, en estas circunstancias.

La lógica del perdedor obedece a reglas que sólo el perdedor conoce. Las saben de memoria el charcutero, el carnicero, el pollero, pero su conocimiento no les consuela. Tampoco a mí. La desolación es el único árbitro que gobierna en el paladar del perdedor, y la desesperanza, su auxiliar más eficaz. Ésa es la miseria de quienes hemos nacido así, alineados por hilos sutilísimos, tan inexplicables como la estructura del sentimiento, en el estéril bando del infortunio. Y sin embargo, la miseria del perdedor encierra en sí misma el germen de su grandeza. Porque también existe una grandeza en el destino de los perdedores, y es tan ambigua, tan agridulce, tan radical que el triunfador ni siquiera alcanza a sospechar su existencia. Y es que para probarla hay que perder. Una vez, y otra, y otra más; aburrirse de perder, entregarse a la derrota con la perversa autoridad del adicto, con la viciosa complacencia del suicida, con la descarnada enajenación del masoquista o con esa determinación feroz que define a las criaturas frágiles, desarmadas, inconscientes que somos los humanos al nacer en un planeta hostil, como es el nuestro. Entonces, sí. Entonces el perdedor crece, se agiganta, se salva a sí mismo y salva a toda su especie en el desierto incondicional de su derrota. Reconocerse vencido y no cejar, no abandonar la tierra dura y seca en pos del paraíso de los otros, es escupir al cielo, desafiar a Dios, afirmar la inconcebible fragilidad de la propia naturaleza frente a los atroces designios de un enemigo hostil y superior. Esa soberbia que nos convierte en dioses frente a los propios dioses es intrínsecamente humana, mucho más pura, más honda, más divina que el aroma del laurel, que el color de la púrpura.

Vale, me dirán ellos, mucho estilo, mucha metáfora, mucha esdrújula, pero el Atleti sigue en Segunda. Muy bien, les contestaré yo, eso es verdad, sigue en Segunda, ¿y qué? Si yo seré cadáver antes que madridista, y del Barcelona, ya ni hablamos... ¿Es que desde vuestra pequeña, infinitesimal soberbia de dioses creéis conocer el precio de los sentimientos de los hombres? Me sonreirán con una esquina de la boca, y yo aguantaré impertérrita sus condolencias, su caridad. Porque no es culpa suya. Los triunfadores también han nacido así, y hay que perdonarles. Prometeo nos recuerda desde su roca, mientras el águila devota y odiosa revolotea cada vez más cerca de su hígado, que los perdedores no hemos heredado el destino de la humanidad en vano. Por eso, a cambio, poseemos la literatura.

La condición del perdedor, su gloria y su miseria, sólo valen para reivindicar al individuo y para hacer literatura. La lectora que escribe libros que soy yo lo ha apreciado muchas veces en las páginas de ciertas novelas latinoamericanas, ciertas novelas indias, ciertas novelas turcas, ciertas novelas chinas que aún aspiran a la totalidad, a la feroz apuesta de la creación de un mundo completo. Por eso, y porque, a despecho de todas las esdrújulas, el Atleti no está en Primera, como en un alarde de vulgaridad todos querríamos, sino en Segunda, como, a pesar de la herencia de Prometeo, ninguno queremos, me gustaría abrazar en la literatura, desde esta página, al charcutero, al carnicero, al pollero y a todos los que aprietan los labios y el corazón, en una forzada sonrisa de circunstancias, en los pasillos del mercado de Barceló o en cualquier otro rincón de la ciudad durante estos días. Porque la derrota sabe a plomo, igual que el miedo. Y el cielo va a seguir estando en su sitio por mucho que escupamos. Y el consuelo de la ironía se termina con la última de las letras que hoy escribo.

Cuento de primavera

Siempre la había visto detrás de un mostrador, envuelta en la holgada candidez de una bata blanca que suplantaba a su cuerpo menudo ante una muralla de barras de pan. Por eso no la reconocí al principio en la extraña muchacha que pasó a mi lado con una enorme bolsa de plástico en la mano y un pequeño misterio a cuestas. Yo no fui la única que volvió la cabeza en el estéril intento de descifrarlo. A mi alrededor, otras miradas se congelaron en el contraste incomprensible de su atuendo —zapatillas blancas de deporte, vaqueros muy lavados y una vulgar camiseta rosa de algodón— con el resplandor minuciosamente elaborado de su maquillaje, y el moño alto, altísimo, toda una pirámide de bucles rubios recién teñidos, que se mantuvo tan firme como si fuera de cemento cuando su propietaria, consciente de una expectación que no hubiera querido provocar, apretó el paso para entrar en la peluquería casi corriendo.

Pero la peluquería del mercado, que ocupa el espacio de media docena de puestos en una de las islas centrales, es como una gigantesca pecera de paredes de cristal, que no sólo no aísla a sus ocupantes de la curiosidad ajena, sino que los refleja de cuerpo entero en el espejo que recubre el muro del fondo. Gracias a su afortunada transparencia, quienes parecíamos condenados a aburrirnos en la cola de la carnicería pudimos compartir a distancia el secreto de la joven panadera. Ella se sentó ante el espejo, la barbilla alta, la espalda muy erguida, y unió las manos para depositarlas suavemente en su regazo con un gesto de improvisada majestad, mientras un par de jovencitas uniformadas, los cepillos sobresaliendo por la cinturilla de su falda como las culatas de otros tantos revólveres, se ocupaban de la bolsa de plástico, haciendo brotar de su interior un encrespado océano de tul blanco. ¡Oh! Una exclamación unánime recorrió los labios de todos los presentes cuando descubrimos a la vez la clave de una paradoja que se resolvía por sorpresa en otra clase de prodigio. ¡Oh! Yo creo que hasta el carnicero mantuvo el brazo en alto, su afilado cuchillo detenido en el aire y una blanda expresión sentimental en los ojos, cuando las peluqueras empezaron a estirar el larguísimo velo inmaculado, crujiente, para el que habían fabricado antes aquel peinado ortopédico que ahora nos parecía de lo más natural. ¡Oh! La panadera se casaba, y parecía querer recordárselo a sí misma a través de las intermitentes sonrisas que dedicaba a su propio reflejo, sin pararse a pensar que nosotros también las recibíamos, intactas, al otro lado de la pared de cristal. Entonces su cabeza se transformó en el puesto de trabajo de media docena de manos certeras, armadas con flores de tela, diademas de bisutería y manojos de historiadas horquillas, relucientes de perlas falsas. Ella acogía cada propuesta con un grado variable de entusiasmo, hasta que se decidió por un aderezo bastante sencillo, que sembró en el público una considerable división de opiniones.

—A mí me gustaba más con la diadema —confesó el carnicero mientras me alargaba una bolsa de plástico—. ¿Verdad que sí?

—Bueno... —respondí yo, al pagar la cuenta—. Así también está muy guapa.

Antes de marcharme la miré por última vez, y la encontré irreconocible de puro resplandeciente, más majestuosa que nunca con la frente bordada de camelias de raso y la violenta blancura del tul sobre la piel, y la recordé como la había visto otras veces, trajinando con barras de pan a ambos lados del mostrador, siempre ocupada, siempre con prisas, el pelo mal recogido en una coleta, las uñas cortas y alguna que otra salpicadura de harina en la cara como todo maquillaje. Intenté calcular cuántos sueldos habría ahorrado, cuántas horas de trabajo habría tenido que invertir en el efímero gozo de su particular sábado de gloria, pero renuncié a tiempo, porque los números no son capaces de expresar ciertas magnitudes. Como la emoción. Como la ilusión. Como el soberano derecho de cualquier mujer plebeya y trabajadora a convertirse, por una vez en la vida, en una modelo de portada, en una princesa verdadera, en una belleza ociosa. Soñar nunca sale gratis, pero el precio de los sueños se confunde con la vida.

Los peligros del campo

Hasta hace poco tiempo, mis tocayas y yo teníamos nombre de cementerio, la imagen de la patrona de Madrid vivía de caridad en templo ajeno, y esta ciudad debía de ser la única importante de Occidente que no tenía catedral. Y, fíjense, aunque no se lo crean, a mí me gustaba. Esta excentricidad plebeya y espontánea, cuya paternidad no se podía atribuir a nadie con certeza, formaba parte del inefable encanto del caos, ese destino que nos nutre y nos destroza a quienes hemos nacido bajo el doble signo del agua del grifo y el anonimato, considerable patrimonio que recibimos todos los madrileños al nacer. Bueno, pues un buen día alguien decidió que había que terminar la catedral. Y a pesar de la arrojada iniciativa de un colectivo de ciudadanos responsables que se apresuró a pedir firmas y dinero para patrocinar una campaña en contra de semejante insensatez —lo recuerdo muy bien, porque yo me apresuré a facilitarles ambas cosas—, las autoridades competentes lograron terminar en mala hora ese vulgar bodrio grisáceo que, afortunadamente, no acaba de echar a perder la cara más guapa de Madrid, el horizonte que emocionaba a Silvestre Paradox cuando volvía a casa por lo que ahora es la carretera de Extremadura.

Pío Baroja, que no nació aquí, conocía muy bien esta ciudad. No sólo su plano, su historia, el nombre y la orientación de sus calles, sino también su carácter, la naturaleza de los sentimientos y las opiniones de sus gentes. Mejor la conocía aún Benito Pérez Galdós, que había nacido todavía más lejos pero supo hacer Madrid más suyo que de nadie, porque se lo inventó entero, de punta a cabo. Por eso se cuenta que, una tarde, cuando los dos paseaban por la calle Atocha, don Benito frenó en seco, cogió del brazo a don Pío, señaló a lo lejos, y dijo: «Cuidado, Baroja: el campo». En aquel momento, los dos, de mutuo acuerdo, giraron sobre sus talones y, dando la espalda al campo, ese ente intrínsecamente indeseable, echaron de nuevo a andar calle Atocha arriba.

La otra tarde me acordé de ellos, y me pregunté cómo se sentirían si hubieran visto, como yo vi, en la puerta del mercado, un cartel de propaganda de la candidatura de Madrid para las olimpiadas de no sé cuándo. Peor de lo que yo me sentí, lo dudo, aunque si en esta sociedad postindustrial, aeróbica y neurotizada que padecemos, existe algún concepto que haya heredado por derecho propio el prestigio hipócrita, elitista y repulsivo del campo de antaño, ése es, desde luego, el deporte en general, y yo me atrevería a añadir incluso que el espíritu olímpico en particular. Y el caso es que ya sabía yo que el Ayuntamiento llevaba años amenazando, pero más tiempo lleva con lo del segundo aeropuerto y aquí estamos, que como sigan agrandando Barajas, un día de estos vamos a llegar a Camporreal andando, de pasillo en pasillo y tan ricamente. Pero no, parece que esta vez va en serio. Parece que esta ciudad no es todavía lo bastante grande, lo bastante complicada, lo bastante singular. Para ponerla donde se merece, ahora, además de esas entrañables y tradicionales obras públicas que pasan de padres a hijos durante generaciones, vamos a pegarnos por unos Juegos Olímpicos. Y digo yo... ¿por qué tenemos que ser como los demás? ¿Por qué tenemos que tener catedral, cuando aquí nunca había habido, y procesiones de Semana Santa, cuando antes ni nos enterábamos de que salían, y comunidad autónoma, cuando la única emoción que nos produce es el disgusto de pagar impuestos de más, y Feria de Sevilla, y Rocío, y estatuas de Botero, con lo horrorosas que son? ¿Por qué no podemos quedarnos con la vida nocturna, con los bares de tapas y con los frutos del caos, que son lo único que sabemos gestionar instintiva, colectiva y razonablemente?

Menos mal que no nos elegirán, eso está claro, porque hasta en Ginebra deben saber que a nosotros los grandes eventos no se nos dan nada bien. Lo sabe hasta la Casa Real, que obró con admirable prudencia al escoger el emplazamiento de las bodas de las infantas. Voluntarios aquí, ni para echar a este alcalde. Y que conste que lo de menos es que él tampoco haya nacido aquí. El principal privilegio de quienes sí lo hemos hecho consiste precisamente en ser a la vez de todas partes y de ninguna. Tampoco eran de aquí don Pío ni don Benito, y ya ven lo bien que conocían los dos los peligros del campo.

El precio de los tomates

Escribir es, sobre todo, mirar el mundo, pero el resultado no depende sólo del paisaje. También cuenta la mirada. Un buen día, o uno francamente malo, nuestros ojos pueden descubrir una realidad diferente entre las paredes de la casa familiar, en las calles de la ciudad donde hemos nacido y vivido siempre, en los rostros de las personas con las que nos cruzamos todas las mañanas, a la misma hora, en la misma esquina. Cuando esto ocurre, no somos capaces de identificar enseguida cuál es el factor que ha determinado esa metamorfosis radical, la transformación más inesperada, un desconcierto que se vuelve absoluto porque ha acertado a nacer del pequeño corazón de lo cotidiano, del hueco de nuestro propio cuerpo, de los perfiles de nuestra propia sombra.

Mis ojos y yo lo sabemos bien. Desde hace algunas semanas, mis ojos y yo recelamos, hasta sin querer, de la aparente familiaridad de las fachadas y los escaparates, de los colores y los olores, de los nombres y los apellidos. Desde que los resultados de las últimas elecciones nos condenaron a vagar sin brújula por las pantanosas neblinas de nuestra soberbia, mis ojos y yo contemplamos la realidad inmediata con esa curiosidad metódica, afanosa y urgente que hasta entonces reservábamos para los lugares que no habíamos llegado a ver jamás. No se trata de reaccionar, no todavía. Antes, mis ojos y yo necesitamos comprender, reconocer, reconocernos. Sacudirnos esa perplejidad que los mantiene a ellos tan abiertos como si el torturador más despiadado los hubiera privado del consuelo de los párpados, esa perplejidad que me impide a mí misma obligarlos a cerrarse, esa perplejidad que nos convierte, a mis ojos y a mí, en los turistas más secretos de la calle donde vivimos.

Esa perplejidad me acompaña también hasta el mercado como una indeseable, pero imprescindible, señorita de compañía. Miro a la gente, estudio la oferta de este puesto, de aquél, escucho al azar fragmentos inconexos de conversaciones ajenas, hago cuentas, y las deshago, y las vuelvo a hacer, pero no me salen. Todo el mundo habla de economía y los números nunca han sido lo mío, pero esa imaginación casi enfermiza de niña novelera, fantasiosa, que me ha convertido en lo que soy, me lleva a preguntarme por qué, si ahora resulta que lo que ha pasado es la prueba de que a nadie le interesan ya, los representantes de los poderes económicos han hablado tanto, en los últimos años, de las ideologías, aunque siempre haya sido para certificar su presunta muerte natural, argumento que, en sí mismo, constituye una toma de posición abiertamente ideológica. El discurso de la prosperidad económica ha calado hondo, dicen, y es verdad, tiene que serlo. El señor que me vende tomates, la señora que me vende flores, distinguen con claridad entre tener dinero para echarle gasolina al coche o quedarse en Madrid sin vacaciones. De hecho, incluso si nada cambiara, el **PSOE** cuenta desde ahora mismo con una posibilidad cierta de volver al poder, que se activará en el momento en que, bajo un gobierno del PP, el frutero o la florista se queden sin dinero para pasar una semana al año en Santo Domingo. Entonces la coyuntura económica mundial habrá cambiado, dirán, y será verdad, no tendrá más remedio que serlo. Pero, entre tanto, descabalgada por la contundencia de los hechos de la soberbia intelectual que me impidió tomarme en serio a Fukuyama —¡a mí, con lo lista que soy, me la iba a dar con queso ese neoliberalista fascistoide!—, me atrevo a sugerir una lectura distinta de los resultados. El discurso de la prosperidad no es el único que ha empapado las conciencias de los votantes y los abstencionistas españoles. Esta situación es también la prueba de otro triunfo, del avasallador triunfo ideológico del entierro de las ideologías, del final de la historia, de la propaganda que afirma que la izquierda y la derecha ya no existen porque son la misma cosa, todo centro. Y lo que más me duele no es la convicción de que el patrimonio teórico de la izquierda —esa trasnochada aspiración a transformar la realidad, a trabajar por la igualdad, a construir la felicidad pública— nos lo estamos repartiendo ahora mismo entre media docena de imbéciles. Lo que más me duele es que esa historia que se había muerto haya resucitado de repente para pasarnos por encima mientras todavía estábamos a medio vestir. Y la sospecha de que ni el frutero, ni la florista, entenderían ni media palabra de lo que digo si la perplejidad me consintiera abrir esos labios que mantengo cerrados para compensar la contumaz rebeldía de mis párpados abiertos.

Pavlov nunca va a la huelga

La voz del contertulio truena a través del transistor colgado de un gancho libre, arrancando unánimes cabezazos de aprobación del carnicero y de su clientela.

«De ninguna manera, yo creo que las condiciones objetivas del país desautorizan por sí solas una convocatoria de huelga general...»

Si se estuviera discutiendo la privatización de una empresa pública, ninguno de los ciudadanos que me rodean manifestaría tener una opinión. Y eso que las empresas públicas son suyas y los intereses de la patronal no lo son. Pero eso les da igual. Veinticinco años después, los españoles seguimos sintiéndonos responsables de la paz y del orden, de la felicidad pública y de la armonía social, aspectos que en cualquier otro país son competencia exclusiva de la clase política.

«Es una inmensa irresponsabilidad... La imagen de la economía nacional... Los daños irreparables para la industria... Los consumidores pagan el pato siempre... Los españolitos de a pie son los que salen perdiendo...»

Parece mentira, pero veinticinco años después, algunas palabras siguen desencadenando un temblor subterráneo, febril y colectivo. Huelga, por ejemplo. Ése es uno de los frutos de aquella transición que no decidimos, que no elegimos, que no votamos. Y ni siquiera es el más amargo.

Libertad sin ira, cantaba aquel grupo andaluz, y a mí me parecía hortera pero bonito, y lo que es mucho peor, verdad. No rechistes, susurraba una voz inaudible entre verso y verso, no respires siquiera, no vaya a ser que la joven democracia española se resienta de tu aliento. No hables de la república, no reivindiques al único ejército nacional legítimo de la guerra civil, no honres la ejemplar memoria de los defensores de aquella legalidad constitucional y democrática, no vayas nunca a la huelga, no apoyes nunca a los que van a la huelga, no exijas responsabilidades políticas sobre el pasado, no proyectes ninguna responsabilidad política sobre el futuro, estáte quieta, no pienses, no critiques, no seas grosera ni desagradable, no alimentes rencores de mal gusto, no vaya a ser que la joven democracia española se resienta por culpa tuya.

Así nos hemos hecho mayores. En la prosperidad económica y en la desoladora mediocridad de las ideas. En la autocomplacencia más ramplona y en una responsabilidad fronteriza con el miedo. Y entre tanto, la democracia española ha dejado de ser joven sin llegar a ser una verdadera democracia. Porque los españolitos de a pie son como los perros de Pavlov, aquellos que empezaban a salivar cuando oían el silbato que su cuidador tocaba siempre antes de darles de comer, y seguramente no sabrían ya explicar de qué tienen miedo, pero ante algunas palabras lo siguen teniendo. Y por eso, aquí no se formula jamás ninguna clase de pensamiento radical, y todos bailamos el decoroso minué de la tolerancia mientras nos guardamos para nosotros mismos las verdades que no conviene decir en voz alta, en un país donde la libertad de expresión está limitada por el rígido corsé de una corrección política que siempre es, y será, de derechas. Y todavía justificamos nuestra desmemoria riéndonos a coro de las normas de lo políticamente correcto que en otros países se aplican a aspectos muchísimo más triviales que aquellos que nosotros hemos enterrado con una sonrisa bobalicona y unánime.

En las primeras páginas de un libro estupendo y emocionante de verdad, *Soldados de Salamina,* Javier Cercas recuerda la carta que un viejo soldado republicano llamado Mateu Recasens le escribió en 1994 a propósito de un artículo que había escrito en el tono pacífico y melancólicamente conciliador que llevamos a cuestas, como un blando e indeseable estigma, todos los españoles de la misma generación. Aquella carta terminaba con una expresión rotunda: «¡Y una gran mierda para la Transición!». Yo creo, con envidia, que Cercas ha escrito el libro entero sólo para cargarse de razón en el instante supremo de mostrarse de acuerdo con esa afirmación. Y no sé si Mateu Recasens es un personaje real o una criatura de ficción. No sé si vive todavía, si llegará a leer este texto o si lo leerá alguien que le haya conocido alguna vez. Pero, incluso si nunca hubiera llegado a existir, me gustaría decirle desde aquí que yo también creo que tiene razón.

Primer domingo de feria

Yo era tan pequeña que ya no sería capaz de precisar los detalles, pero sé que me gustaba ir. Siempre me ha gustado. Eso no puedo olvidarlo porque aquella pequeña excursión, que podía llegar a repetirse dos o tres veces en un par de semanas, constituía todo un rito, una cita anual e inexcusable, tan obligada como recorrer los puestos de la plaza Mayor en Navidad a la caza del pastor o la castañera imposible, siempre demasiado grande, o demasiado pequeño, en relación con los que formaban en todos los tableros. Mayo era entonces para mí un mes cargado de ritos, algunos gozosos, como mi cumpleaños, y otros odiosos, como el diario homenaje matutino a la Virgen María que concentraba a todas las alumnas del colegio en el vestíbulo durante un cuarto de hora que se hacía eterno, mientras el calor que se desprendía simultáneamente del tumulto de los cuerpos apiñados y del falsete en el que la profesora de música entonaba un himno tras otro marchitaba a la vez el tallo de las flores y el ánimo de las niñas, integradas a la fuerza en el coro más desganado que pueda imaginarse. Mayo era el mes del primer calor y de los primeros exámenes, de las fiestas de mi barrio y de las de la ciudad, pero en aquella época, y en esta ciudad, las fiestas populares no eran tales, y se parecían mucho más al mes de María que a los auténticos festejos de los pueblos. Esta regla sólo conocía dos excepciones. La primera eran los toros, la Feria de San Isidro, que ponía medio Madrid boca abajo. La segunda, muy distinta pero muy parecida, porque también atraía a la lluvia y al mal tiempo, porque también desbarataba el tráfico, porque también implicaba a toda la ciudad, era la Feria del Libro.

Yo era tan pequeña que ya no podría reconstruir los detalles, pero sé que me encantaba ir. Y sé que no me tentaban solamente los columpios, las ardillas, los caminos del Retiro. Sé que perseguía algo más que un barquillo, una visita rápida a la Casa de Fieras o la deliciosa perspectiva de mojar patatas fritas en un vaso de Coca-Cola mientras mis padres se tomaban un vermú con aceitunas en cualquier terraza situada al borde del estanque. Pedía un libro cada vez, por supuesto, y casi siempre lo obtenía, pero ese regalo representaba sólo una consecuencia del regalo mayor, que era simplemente ir, estar allí, no perderse aquella fiesta que no era tal, sólo calor y gente, un tumulto comparable al que se congregaba alrededor de la Virgen en las mañanas de los días lectivos, y sin embargo tan profundamente festivo, tan diferente. No sabría explicar por qué, pero la Feria del Libro empezó a fascinarme antes de que aprendiera a leer.

Luego, con el tiempo, conseguí formular aquella atracción. Una tarde vi a Jorge Luis Borges, muy anciano, muy ciego, muy frágil, hundido en un sillón, su cabeza sobresaliendo apenas por encima del tablero donde firmaba libros lentamente. En la caseta de Seix Barral, todos los años, algún novelista español o hispanoamericano de esos a los que yo leía con una admiración que rayaba en el fervor religioso miraba al frente, aburrido, en los huecos que dejaban los lectores. Si su mirada se cruzaba con la mía, fija e imperturbable siempre desde el centro del paseo, yo me quedaba quieta y dejaba de respirar, como si acabara de convertirme en una estatua de sal. Pero no se equivoquen. Voy a quedar muy mal confesándolo. Sé que resultaría mucho más humilde, mucho más elegante y airoso, que me presentara como una lectora abrumada, conmovida, aplastada por la admiración que ellos me inspiraban. Es verdad que entonces, y aún ahora, la admiración que siento por alguno de aquellos escritores sigue abrumándome, sigue conmoviéndome y aplastándome. Pero, sin embargo, lo que pensaba en aquella época era muy distinto. Algún día yo estaré ahí. Eso era lo que me decía a mí misma, quieta, sola en medio del paseo. Algún día yo estaré ahí, al otro lado del espejo, al otro lado de la caseta, en la otra punta del mundo. Algún día yo estaré ahí.

Ese día ha llegado. Estoy en el Retiro, mirando a las personas que me miran desde el centro del paseo. Es el primer domingo de feria, y haría falta un escritor mucho mejor que yo para describir la emoción, siempre inconmensurable, siempre pasmosa y nueva, que he sentido al empujar la puerta trasera de la caseta en la que estoy sentada.

Verano

Receta de verano

El mercado no se toma vacaciones, pero en el umbral de agosto ofrece una versión atenuada de sí mismo. Las madres ya no corren por los pasillos advirtiéndose a sí mismas entre dientes que no van a llegar a tiempo para recoger a los niños en la puerta del colegio, los oficinistas no se escapan un ratito a media mañana para invertir la pausa del café en una compra urgente y desmañada, no quedan pucheros en los que cocer con tres horas de antelación los garbanzos que llevan toda la noche en remojo. Nadie come cocido en verano, nadie corre. El calor ralentiza los movimientos, afloja las pantorrillas, asegura con un candado invisible la lengua y la imaginación de quienes ya no discuten, no protestan, no colorean con sus fulminantes arrebatos de indignación el aire pálido y conforme del mes de julio. No se cuele, señora, pensarán, pero no lo dicen, porque cuando el termómetro trepa más allá de los treinta grados, ni siquiera encuentra uno fuerzas para protestar, y hasta apetece hacerse el tonto para apurar un poco más la compañía del aire acondicionado.

Supongo que dentro de unos días todo habrá cambiado, pero yo no estaré aquí para verlo. Mientras me despido de mis puestos, esos lugares que han jalonado mis días y mis artículos durante tantos meses, imagino una sucesión de cierres echados, de locales cerrados, esa súbita epidemia de ausencias que convierte a la ciudad de agosto en el lugar más delicioso y más invivible al mismo tiempo. Camino por los pasillos, echo un vistazo a los escaparates abarrotados, y calculo cuánto echaré de menos esto y aquello cuando vaya a hacer la compra en el supermercado del pueblo playero donde paso los veranos. Entre tanto, recupero como un fogonazo el recuerdo de otros veranos, irreparablemente lejanos ya, en los que la contrapartida de mi estricta juventud era la penuria de una precariedad laboral no menos estricta, que se manifestaba, al llegar el buen tiempo, en la necesidad de pasar los veranos en Madrid.

Antes de que la publicación de mi primera novela le diera la vuelta a mi vida como si fuera una tortilla borracha, el verano flotaba como la peor amenaza sobre mi economía de escritora de encargo. Aunque todos los septiembres, en los departamentos de producción de las editoriales florecían los buenos propósitos de no volver a paralizar jamás el trabajo durante las vacaciones, todos los meses de junio recibía la noticia de que otra vez volverían a cerrar un mes entero. Entonces, me preparaba para un verano de subsistencia, una versión reducida, doméstica, de la guerra total, que empezaba con un complejo plan de persianas bajadas, y balcones abiertos o cerrados según la hora del día. Las doce del mediodía funcionaban como un toque de queda espontáneo pero vital. Desde entonces hasta las siete de la tarde, lo mejor era quedarse en casa, moverse lo menos posible, aprovechar las horas de calor para leer o para ver por fin todas esas películas que se graban durante meses y se acumulan tontamente en un estante a la espera de esos tiempos muertos que nunca llegan a producirse. Al atardecer, la calle resplandecía como un premio, un destino pacientemente anhelado desde las islas del destierro. Todo lo que es inhóspito y hostil en la ciudad cerrada durante el día, se vuelve acogedor y amable cuando cae la noche. Si hace falta recorrer kilómetros enteros para encontrar una panadería abierta a pleno sol, es imposible caminar cincuenta metros sin hallar una terraza estratégicamente situada en la última sombra de la tarde. Una solución mucho más barata es llenar una tartera de dos pisos con filetes empanados y tortilla de patatas y emigrar a la Casa de Campo, donde todavía quedan merenderos donde el precio de las bebidas sigue siendo el único requisito vigente para ocupar una mesa. Parece un plan ridículo, pero tiene su gracia, porque mientras las barcas tardías surcan mansamente las aguas del lago, la realidad se convierte en una escena costumbrista de cualquier novela de los años treinta, y el tiempo se detiene de verdad en la penumbra, sobre una mesa de hierro pintada de verde a la que siempre está sentada una chica de veintidós, de veintitrés años.

La nostalgia es una amiga tramposa. Cuando las estaciones se escurren entre los dedos, es posible llegar a echar de menos cualquier cosa, y de esa regla no escapan ni siquiera los veranos.

Ritmo lento, calor

El calor sumerge a Madrid en un baño seco de asfalto incandescente y horizontes falseados, equívocos, durísimos. Nada ha estado jamás tan lejos de ninguna parte como el destino, cualquiera que éste sea, que deba alcanzar a pie, y a mediados de julio, un madrileño aplastado por el poder atroz de ese sol soberano que, a las tres de la tarde, agosta las mucosas y cuartea la piel, entumece el espíritu y desbarata la paciencia. Junio, a cambio, es el mes del buen verano, del placer de la brisa cálida que acaricia los brazos desnudos, del frescor de las mañanas que se estrenan con un breve escalofrío, de la luminosa invasión de las terrazas que festejan cada acera en los atardeceres, y de las templadas noches de verano, esos sinónimos exactos de la felicidad que rejuvenecen las miradas y ensanchan los corazones al amparo de neones más brillantes que la luna. El verano de Madrid debe vivirse de noche y dormirse por las tardes en una casa oscura, blindada de persianas y aire espeso, para preservar la imprescindible alegría de la madrugada que está por venir del quejido fatal, plomizo, de la ciudad sudorosa, sofocada de descontentos que sólo cuentan los días que les faltan para huir.

El mercado, templo diurno, abocado al calor, ha empezado a sufrir ya esa metamorfosis que anticipa la veraniega imagen de un Madrid más desertado que desierto. Hace nada, apenas quince días, las guirnaldas de papel y las farolas de verbena ponían un contrapunto festivo, paradójico, al dominio más inmediato de los afanes cotidianos. Primero fueron las fiestas del barrio —el 2 de mayo que Malasaña, antes Maravillas, en su modestia heroica y popular, ha acabado prestando a ese fantasmagórico invento que ya nos hemos acostumbrado a nombrar como la Comunidad— y luego las de la ciudad, música de organillo, rosquillas de todas las clases, agua de cebada, y limonada, y claveles gratis, mucha chulapona de guardarropía y otras auténticas, contoneándose con su pañuelo blanco y su mantoncillo negro de las manos de sus madres, felices con sus tacones, con sus rabillos negros en los ojos, y con el chotis que les han enseñado en el colegio y que seguramente recordarán siempre, más allá de sus seis, o sus siete, o sus ocho indestructibles años. Hace nada, la fiesta estaba en su apogeo, y aún se distingue algún fleco de papel de colores enganchado en una esquina del techo, y sin embargo, en esta ciudad sin primavera, quienes no están en la gracia de la noche viven ya la existencia provisional, apresurada y precaria, de quien se marcha, de quienes sólo piensan en marcharse y por eso se están marchando ya.

Los fines de semana se convierten en la contraseña más radical de esta especie de muerte a medias, la hibernación inversa que, al llegar agosto, paralizará ya las calles y las plazas en una imagen fija de la pasividad. Mientras todas las carreteras se atascan a la vez, el mercado languidece en calmosas mañanas de sábado que parecen resacosas tardes de lunes. Aunque los comerciantes protesten, a mí me gusta el ritmo lento, mortecino, que nace del éxodo masivo de los domingueros y reparte credenciales de resistente entre quienes recibimos el verano como un don de la misma ciudad donde vivimos. A despecho del prestigio de los anticiclones que pintan de azul añil el cielo de las mañanas de invierno, y de la benevolencia de los otoños que inflaman las verjas de los parques con un temblor rojizo de edad y melancolía, para mí, Madrid lo es más que nunca en los primeros días del verano, y no sólo porque el buen tiempo propicie el exultante reencuentro de los noctámbulos con la más pura y secreta vocación de la ciudad, un mar íntimo, nocturno, de espuma de cerveza. También porque, con la pereza que da el calor y la inaudita panorámica de huecos libres en las aceras, la vida de barrio recupera de golpe el carácter pueblerino, autónomo y familiar, que empezará a diluirse en septiembre para desaparecer del todo en la frontera de la Navidad. ¡Quién va a atreverse a cruzar la Castellana ahora, con la que está cayendo! El maternal corazón del mercado late en una penumbra fresca de gruesos muros para asegurar a sus hijos que nada les faltará, si se deciden a vivir esta especie de infancia aplazada y callejera de los mejores veranos de Madrid.

Una gorda es una gorda es una gorda

El jamón de York se pone pocho, pálido, aún más soso, cuando esa señora tan triste pide doscientos gramos con el humillado acento de las renuncias. La veo meter tripa, levantar la cabeza, aflojar los brazos, y hacer como que no se da cuenta de que todo el mundo se da cuenta de que ha conseguido abrocharse de milagro esa chaqueta azul marino de manga corta que la traiciona en cada costura. Las sisas se clavan en la rolliza frontera de sus axilas con la implacable determinación de una soga que ciñera la garganta de un condenado. Los ojales escapan de los botones, dibujando en su huida una fila de lunares inversos de piel blanca sobre el estómago cauto, tembloroso, que no se atreve a desatar la oceánica contundencia de sus volúmenes contra la precariedad de los diques que los contienen. Ella suda, y se estira a cada rato la chaqueta con las dos manos, un recurso ingenuo y conmovedor que ni siquiera acierta a borrar del todo las arrugas con las que la tela, exhausta pero perversa, se venga sin piedad de la ausencia de su cintura. Ella suda, y está sufriendo, pero intenta conservar su dignidad, ponerla a salvo en una cíclica secuencia de gestos indolentes, calculadamente despreocupados, distinguidos. Mientras se coloca el flequillo en su sitio, y se mira las uñas, y se rasca el entrecejo, y enciende un cigarrillo con falso aire distraído, la imagino despeinada, sin ganas de fumar, y mucho más contenta en el abrazo cómplice del abrigo amable, misericordioso, que la habrá acompañado durante el invierno. El verano es para ella, más que una estación, un estado de conciencia.

Pide ahora un cuarto de queso de Burgos, consultando una fotocopia pulcra y flamante, como un certificado individual de inferioridad. Miro con el rabillo del ojo y alcanzo a descifrar la exacta fórmula de su tristeza, 150 gramos de ensalada verde, un cuarto de pollo hervido, un melocotón y, para cenar, un tomate crudo, espinacas cocidas sin sal, aliñadas con aceite vegetal, y un yogur descremado. Al lado de las espinacas, el paréntesis más atroz, toda una infamia. Sin pesar, pone, como si cualquier ser humano pudiera ingerir más de tres o cuatro cucharadas seguidas de un alimento semejante. Pero, probablemente, para el médico que ha programado las estaciones de su desconsuelo, ella no es todavía un ser humano. No del todo. Él será en cambio un hombre maduro con buena pinta, esbelto, atlético, un seductor quizás de sienes plateadas. Ojalá que impotente, deseo, mientras ella resopla, al límite de sus fuerzas, porque no puede seguir respirando toda la vida con la mitad de los pulmones. Todo su cuerpo tiembla a la vez, pero los botones aguantan la crisis. Las amargas comisuras de sus labios revelan que la angustia tampoco cede. No todas las torturas adelgazan.

Sobre su cama deben amontonarse todavía las faldas y las blusas, las chaquetas y los pantalones que habrá ido desechando con un frenesí creciente, incrédulo, furioso, en el breve viaje que media entre la luz de la esperanza y el infierno de las lágrimas. Antes de emprenderlo, tendría un concepto aceptable de sí misma, de sus capacidades y de sus limitaciones, de su instinto y de su experiencia. Ahora se siente simplemente una gorda, una excrecencia inmunda, una pringosa mancha de grasa sobre el inmaculado mantel de esa nueva mayoría de estilizados cuerpos juveniles que parecen afirmar desde todas las esquinas de la publicidad —profesional o espontánea, tácita o expresa, lo mismo da— la vigencia de un novedoso canon de humanidad que la excluye de su propia naturaleza, relegándola a una inconcreta condición de paria. Sabe que, si fuera más joven, si estuviera empezando, no pasaría ningún proceso de selección de personal, nunca sería elegida para un puesto de atención al público y que, lo que es peor, nadie levantará jamás una bandera por ella. Una gorda es una gorda es una gorda es una gorda. Gertrude Stein, que era gorda, probablemente nunca imaginó que llegaría un día en que su propio aspecto fuera similar a la naturaleza de la rosa. Igual de irreversible, igual de implacable, igual de cruel, y aún más. Todo un símbolo de la arbitrariedad, de la injusticia y de la estupidez humana.

Si yo pudiera, le daría una ametralladora y un consejo: mátalos y sé feliz. Como no puedo, recuerdo en silencio a Baudelaire mientras mi semejante, mi hermana, se aleja por el pasillo con pasos cortos, cansados, en busca de su destino, una dudosa felicidad que se expresa en medio kilo escaso de espinacas.

Sin comentarios

—Hola, hija, siento llegar tarde, pero el autobús... ¿Me has cogido número? —la más gorda, unos cuarenta años, pelo teñido de rojo, ojeras, gafas, una expresión de asco en la boca, asiente con la cabeza—. Bueno, ¿y tú cómo estás?

—Pues ya te lo puedes figurar... —la más delgada, unos cuarenta años, pelo teñido de rojo, sin gafas, el asco colonizando progresivamente su expresión, asiente a su vez con la cabeza—. Harta de todo.

—Desde luego es que lo de tu hermana no tiene un pase, vamos, lo he estado pensando y... ¡hay que ver! Qué irresponsabilidad, qué estupidez, qué locura. Meterse en un lío como éste a su edad, y en sus circunstancias...

—Pues ya ves. Cuarenta y cinco años, y no aprenderá nunca. Nunca. ¡A quien se lo cuentes! Separada, sin pensión, con una hija, y estando tan a gusto como estábamos, las dos solas. ¡Qué ganas de buscarse líos, la verdad!

—O sea, que lo conoció en un *chat* de internet... Que se metió allí y empezó a hablar con él, vamos...

—Justo. ¿Qué te parece?

—Es increíble. ¡Qué locura! Y el tío es chileno.

—Claro. Porque no los había que hablaran español y vivieran más lejos, que si no se lo habría buscado en China, la muy mema.

—Y no te había contado nada...

—Nada. Hasta que el tío le dijo que se venía a verla. Entonces sí. Entonces me lo dijo, pero como si fuera lo más normal del mundo, no creas... Que se había echado un novio en Chile, y que se venía a verla, y que iba a estar aquí un mes, y que lo iba a meter en casa, por supuesto.

—¡Sin consultarte!

—Claro. Como vivimos juntas y pagamos los gastos a medias...

—Ya. Pero, de todas formas, una cosa así... Tu hermana es que está loca, ¿eh? Pero como una cabra, vamos. ¿Y él? ¿Ha venido ya? ¿La semana pasada? ¿Y tenía vacaciones? ¡Ah!, que **trabaja por su cuenta**. ¿Y cómo es? Porque será un adefesio, claro, si es mayor que ella y se dedica a hacer las mismas tonterías con el ordenador...

—Tiene cuarenta y ocho, y... Bueno, un adefesio no es, aunque a mí no me gusta, por supuesto. Es alto, con canas, ni gordo ni delgado, y de cara pues... Corriente. Feo no es, desde luego. Es más bien guapo, la verdad, pero en fin, ése no es el tema. El tema es que están todo el día encerrados en la habitación, y la niña sola, viendo la televisión... Que ya tiene once años, pero... No sé. Que las cosas no se hacen así, vamos, creo yo. Y que yo tengo que estar todo el día aguantándolos.

—La vi el otro día, a tu hermana, digo. Ha adelgazado mucho, ¿no? La encontré como más estropeada de cara...

—¡Uy! Pues dice que está encantada, no creas... ¿Y luego?, le dije yo. Luego, ¿qué?, me contestó. Pues luego, cuando se vaya..., ¿qué vas a hacer? Ya veré, me dijo. Ya veré, eso me dijo, que ya vería, ¿qué me dices? Si es que, de verdad, no hay quien la entienda, si es que está loca, pero de remate, vamos...

—¡Qué barbaridad! Qué ganas de buscarse problemas, y disgustos... Ya te toca. ¿Qué vas a pedir?

—Pues no sé. Si es que no tengo la cabeza para nada... Póngame medio kilo de filetes.

—¡Qué imbécil tu hermana!

—Sí... ¡Qué imbécil!

—¿Y vas a ir esta tarde a clase?

—No lo sé. ¿Qué toca? ¿*Fox-trot?*

—No, tango... Por eso lo digo. Porque si vienes, podemos hacer pareja.

El olor de la inexistencia

Era muy tarde, tanto que antes de ganar el último peldaño de la escalera, escuché a mis espaldas el sonido inequívoco de los cierres metálicos. Un guardia de seguridad cerraba la puerta por la que yo acababa de entrar, y por más que supiera que otra permanecería abierta hasta que el último rezagado abandonara el edificio, aquel chirrido histérico, enervante, trasladó mi conciencia a un impreciso estado de alerta. Existen pocas imágenes tan inquietantes como la de una puerta que se cierra. El mercado estaba casi vacío pero, al fondo, un par de clientes de última hora esperaban turno frente al puesto de los quesos. Resignada a ser la tercera, me reuní con ellos andando despacio, escuchando el eco de mis propias suelas contra el piso de cemento, sobre el ruido del agua que corre, el estrépito de los chorros de agua estrellándose con una extraña, rítmica armonía, sobre los mostradores de mármol, de acero, de cristal.

El chico de los quesos no tenía prisa. La señora que le dirigía con el dedo índice, pidiendo de cien gramos en cien gramos de esta variedad, y de la otra, y de la de más allá, tampoco. El hombre que estaba a su lado, todavía joven, cuidadosamente desarreglado, con un ramo de flores en la mano izquierda, se revolvía sin embargo a cada rato, dando vueltas sobre sí mismo, tamborileando con los dedos libres sobre el mostrador, mirando siempre el reloj con ansiedad. Estaba tan absorto en su urgencia que ni siquiera volvió la cabeza cuando, a su derecha, un pescadero empezó a amontonar en el pasillo la basura del día, cajas de poliuretano grisáceas de mugre y rotas por las esquinas, hojas de helecho podridas, y los despojos del pescado que no había querido llevarse nadie. Una cabeza de rape, grande, majestuosa, con todos los dientes y los ojos clavados en el horizonte infinito de la muerte, rodó por el suelo con la imponente autoridad de un viejo monarca guillotinado. Un instante más tarde, dos cabezas de salmón, más pacíficas, viscosas y aterciopeladas, aterrizaron cerca, sobre un lecho de aletas y pieles de calamar que arroparon sus heridas con una espumosa piedad de volantes blancos. Bultos más dudosos, teñidos de todos los tonos del púrpura, se entremezclaban con raspas y colas para componer un bodegón improvisado, tan intrínsecamente violento como cualquier naturaleza muerta, que al fin mereció la atención del comprador enamorado. Entre doscientos de Idiazábal y un cuarto de manchego semicurado en lonchas, mi antecesor dirigió una mirada de horror ambiguo, difícil de definir, a esa confusa amalgama de materia orgánica que, a un palmo escaso de sus pies, amenazaba con salpicar sus mocasines. En aquellos ojos no había sólo repugnancia, sino también asombro, perplejidad, y yo diría que hasta un poco de miedo. «¡Huele que apesta!, ¿verdad?», comentó en voz alta, en dirección al quesero. Éste se encogió de hombros, y frunció los labios con una indiferencia próxima al desdén. Los desperdicios huelen mal por definición, me atreví a interpretar su pensamiento, es un concepto que excede las posibilidades de cualquier comentario.

Y sin embargo, la reacción de su cliente no resulta tan difícil de entender. Ya nadie aprovecha las sobras, nadie hace sopa con piltrafas de carne o con restos de pescado, y no es porque esos cubos de polvo concentrado y aspecto de pienso para pollos hagan un caldo mejor —al contrario, el que hacen es infinitamente peor—, sino porque la basura orgánica, que huele, que moja, que repugna, que existe, contradice las normas que rigen nuestra vida. Vivimos en un mundo limpio. Aspiramos a ser inodoros, secos e incoloros, porque la piel bronceada es toda del mismo color, que es como no ser de ninguno. Estamos familiarizados con toda clase de materias inertes, pero lo que respira, lo que se agita, lo que está vivo, nos da miedo porque no sabemos controlarlo, ya no.

El pulcro enamorado se aleja unos pasos y descubre a lo lejos una puerta cerrada. El pescadero le indica la única que sigue abierta y vuelve sobre sus pasos, jugando a cambiarse las flores de mano. Intento imaginar cómo será su destinataria y recupero la imagen de una mujer muy pálida, muy delgada, muy vestida de un blanco muy blanco, que se pregunta al otro lado de mi televisor a qué huelen las cosas que no huelen. A nada, respondo. O, mejor dicho, a la nada. Ni siquiera a muerto. Las cosas que no huelen, no existen.

Domingo, verano

Las estaciones del año imprimen su carácter en el color de los cielos, en el plazo y el humor de los atardeceres y hasta en la calidad del aire de la calle, que amanece viejo, como respirado ya, mustio de la víspera, en los primeros días del otoño, y se estrena a sí mismo, flamante, crujiente casi, bajo el sol pálido aún de las primaveras debutantes. También afecta a las mañanas de domingo, que en sus primeras horas, cuando el adjetivo *temprano* suena a sueño y a castigo, se convierten en un paréntesis de irrealidad en los meses más duros del invierno, y arrojan a lo sumo un saldo circunstancial de trasnochadores, menos pertinaces ya que afónicos, cuando lo permite un clima más benévolo. Quienes, por costumbre o por necesidad, acostumbren a madrugar todos los días de la semana reconocerán enseguida este paisaje, que yo descubrí gracias a Fernando Delgado cuando me invitó a participar en su programa de radio para proporcionarme la experiencia, más que literaria, de recorrer las calles imposibles de las nueve menos cuarto de la mañana —quizás sería más exacto decir de la madrugada— de sábados y domingos. Desde entonces soy una experta en aceras vacías, en perfiles esquivos, en cantos regionales y en el olor magnífico que despiden las pastelerías con el horno en marcha y ningún olfato ajeno en los alrededores. Hasta que, de repente, un domingo cualquiera amanece viernes por la calle, y los portales se llenan de gente que espera, y las calles, de coches aparcados en doble fila con la puerta del maletero abierta, y los bordillos, de niños con los ojos pegados de sueño, y su gorra, y su balón, y su cazamariposas, y su impaciencia, todos con la correspondiente mochila sobre los hombros. ¿De dónde ha salido tanta gente a la vez? Es verano.

La señora que pasea a ese perro que se decide a ladrar, animado por la concurrencia, mira con recelo al grupo de adolescentes en pantalón corto que se va reuniendo en una esquina. El abuelo, que ha bajado a comprar bollos para desayunar, arquea las cejas de asombro al cruzarse con una mujer atlética, de mediana edad, que camina deprisa, equipada con pertrechos que parecen suficientes para coronar el Aconcagua. El padre de familia, al que liaron en septiembre los listos de la APA para que se ofreciera candidato voluntario al puesto de entrenador del equipo de fútbol del colegio de sus hijos, cruza una mirada solidaria, masculinamente comprensiva, con el compañero que está de pie, con la puerta del coche abierta, una mano sobre la bocina que no se atreve a tocar y los dedos de la otra tamborileando sobre el techo, mientras espera a que su señora tenga el detalle de bajar de una puñeterísima vez. El adolescente que, apenas diez minutos antes, al salir del último bar abierto, creía tener méritos para aspirar a campeón absoluto de la noche del sábado, mira a su alrededor con aprensión, como si tuviera miedo de cruzarse con sus padres. No me extraña. Los transeúntes habituales de estas horas malditas nos perdemos de vista al mezclarnos con la multitud repentina donde todos los excursionistas se vuelven alpinistas, todos los ciclistas tienen pinta de ir a dar la Vuelta a España, todos los coches parecen emigrar al fin del mundo, todas las mujeres van vestidas de colores, todos los hombres tienen prisa, y cada uno de ellos rebosa tal energía que podría encender una bombilla de 100 vatios con la boca. Es verano.

Sé bien que el lunes por la mañana, cuando vaya al mercado a hacer la compra, no escucharé más que lamentos, crónicas nefastas, ecos repetidos de un interminable balance negativo: tres horas para ir, cinco y media hasta que llegamos a Moncloa; yo me quemé entera, ¿no me ves?; Rafita bebió agua de una poza y ha estado toda la noche con diarrea; Casandra se cayó de una peña y se hizo sangre en la rodilla; mi marido estaba de un humor que para qué te cuento. Pero ahora es todavía domingo, y es verano, y yo, que no lo he sido nunca, miro a los domingueros con cariño, y siento una instintiva admiración por su valor, el arrojo con el que están dispuestos a pagar cualquier precio, en horas y en paciencia, por un rato de felicidad. Mientras me hago la remolona ante un escaparate para contemplar de reojo a esa pareja que está logrando cargar la baca del coche hasta el límite más inverosímil de su capacidad, no los envidio, pero me pongo absolutamente de su parte.

Mañanas de cristal

Las buenas mañanas de resaca tienen esquinas blandas, redondeadas, y una consistencia gelatinosa pero amable, que en ningún momento se desplaza hacia la viscosidad. El criterio principal a la hora de distinguir una buena mañana de resaca de una mala reside en la transparencia. Desde luego, hay que tener en cuenta otros factores, la calidad del alcohol, y la de las palabras, la frecuencia de las bromas y las risas, y el grado exacto de finura del propio ingenio, ese lápiz que se afila contra la punta del ingenio ajeno y que alarga las noches más felices hasta el presentimiento del amanecer más luminoso. Pero ninguno de estos fenómenos, ni siquiera la alegría de beber con Ángel González, que se lleva cada otoño lo mejor de Madrid a Albuquerque, Nuevo México, para devolvérnoslo más propio, más intenso, más nocturno que nunca cuando regresa cada primavera, logra explicar la condición cristalina, tibia, traviesa, de esas mañanas que se abren con una sonrisa automática, como un acto reflejo de unos músculos incapaces de esbozar otro gesto.

En una buena mañana de resaca se puede hacer cualquier cosa menos escribir, porque ese verbo abandona entonces su campo semántico habitual para definir un peculiar estado de incomprensión entre el teclado de un ordenador y la imaginación desperdigada de quien no logra ni sujetarla ni acertar a apretar ninguna tecla. Los minutos pasan en balde mientras las tuberías de colores se multiplican en todas las direcciones sobre la oscura pantalla de la inactividad, hasta disolver el menor rastro de mala conciencia con la monótona agresión de su exuberancia subterránea y tropical. Entonces conviene renunciar, apagar el sistema, levantarse de la silla y concentrarse al menos en encontrar algo que hacer mientras la mañana alcanza una hora razonable para aplicar la primera dosis homeopática, el vermut o la cerveza que obrarán el insensato milagro de derrotar los efectos de la noche pasada combatiéndolos con sus mismas armas. No es una tarea fácil porque, a diferencia de las malas —un clavo enorme atravesado entre las sienes, la fragilidad verdadera de un cuerpo verdaderamente enfermo y una opacidad absoluta de la acción y el pensamiento—, no todas las buenas resacas son iguales. A veces apetece moverse, bailar, acabar de cansarse. Otras llevan derechas a una ducha eterna, a una novela policíaca, a las llamadas de teléfono recreativas o, sin más excusas, sencillamente a la cama, a esa cama que, en días como éstos, nos espera siempre con los brazos abiertos y la incondicional ternura de una abuela jubilada, mimosa. Yo, sin embargo, la última vez, me fui a hacer la compra.

Era una buena idea o, por lo menos, eso me pareció. Parapetada tras las gafas de sol, reconfortada por la compañía del carrito, y disfrutando del alegre embotamiento que mantenía mi cabeza sumergida en esa especie de nube líquida que desenfoca la mirada para hacer más guapos a los transeúntes, más señoriales a los edificios, y más favorecido al mundo en general, inicié el recorrido de costumbre sin presentir el desconcierto que me paralizaría delante de la carnicería. Creo que esa fue la única vez en mi vida que he echado de menos el humillante paternalismo de las grandes superficies, esos inmensos expositores repletos de alimentos preparados, plastificados y etiquetados con una sugerencia tajante, contundente, surtido para cocido, por ejemplo, o ragú de primera, o pollo para ajillo, y no se le ocurra usarlo para otra cosa. Nunca me había dado cuenta de que toda la carne fuera tan aproximadamente igual, de que todas las piezas se parecieran tanto. ¿Qué va a querer?, me preguntó el carnicero, y yo me repetí la pregunta para mis adentros, ¿qué voy a querer?, para contestarme enseguida que no lo sabía. Salí del paso pidiendo unas cosas que a mí me sonaban rarísimas y con las que no tenía ni idea de lo que iba a hacer al volver a casa, pero él me despachó sin inmutarse, como si fuera capaz de encontrar una lógica irreprochable en mis peticiones. El fenómeno se repitió en la frutería, en la pescadería, en la charcutería, con resultados memorables. Al final realicé la hazaña de comprar toda clase de alimentos relacionados por la condición de ser estrictamente incompatibles entre sí, pero ni siquiera eso me arruinó la mañana. Aprendí sin embargo que no se debe ir al mercado con resaca, ni buena ni mala, porque la compra acaba saliendo tan cara como los regalos de Reyes.

La vida en un escaparate

Hoy, los pescaderos están enfadados.

—¿Qué hago? —cometo la imprudencia de preguntar antes de darme cuenta, sin dirigirme a ninguno de los dos en especial—. ¿Me llevo una dorada grande o dos de éstas más pequeñas?

Ninguno de los dos me responde. Él sigue desescamando una merluza que me mira con la indiferencia de sus ojos muertos, ella pesa una bolsa de almejas dejándolas caer, una por una, sobre el platillo de la balanza electrónica, y los dos mantienen la vista baja, el ceño fruncido, una expresión tozuda en los labios apretados.

—Que te lo diga mi marido —se atreve ella por fin—, que es el profesional...

El aludido resopla, levanta la cabeza como si quisiera darle un testarazo al aire, acomoda la merluza desnuda ya de escamas sobre su lecho de hielo, se limpia las manos, me habla por fin.

—Llévate una grande, mejor.

Él mismo la escoge, la limpia, la pesa y me la cobra sin que yo me atreva ya a volver a despegar los labios, y la escena se resuelve en silencio, un estado que se prolongará entre ellos quizás durante horas, tal vez incluso en otros escenarios, más allá de las puertas del mercado, para extinguirse seguramente cuando los dos puedan levantar la voz al mismo tiempo, llamar a sus propios reproches por su nombre, rechazar con ofendida vehemencia los reproches del otro, cansarse de su enfado o arrepentirse al fin, pedir perdón.

El lanzamiento de una novela norteamericana que estuvo muy de moda en los años setenta, sobre todo a partir de su celebérrima versión cinematográfica, *Love Story*, se apoyó en un eslogan que nunca comprendí. «Amor significa no decir nunca lo siento», rezaban los carteles y los anuncios, los titulares de las críticas y las contraportadas de los ejemplares de aquella edición de bolsillo que leí a hurtadillas durante el verano de un año que ya no puedo precisar, el 74 quizás, quizás el 73, da lo mismo. Entonces, mi incapacidad para comprender aquella frase perdía cualquier valor en el magma absoluto, oceánico, abrumador, de los miles y millones de frases y palabras que oía, y retenía, sin entenderlas tampoco. Que ahora siga sin comprender su sentido —¿cómo va a poder nadie vivir con otra persona sin hacer jamás nada que le moleste, que le contradiga o que se oponga a sus planes, excepto en el caso de que haya tenido antes la amabilidad de morirse?— tiene más interés porque mi experiencia discurre por un camino estrictamente opuesto. Yo creo que amar a alguien significa pedirle perdón todo el tiempo, decir lo siento incluso cuando una no sabe muy bien qué es lo que se supone que tiene que lamentar, porque la certeza de que el otro está herido pesa entonces más que la sospecha mejor fundamentada de que no hemos querido hacerle ningún daño, y la inocencia que no consuela se vuelve estorbo.

Por eso me conmueven tanto las pequeñas desavenencias conyugales con las que me tropiezo al otro lado de un mostrador. Cuando dos personas que viven juntas se ven obligadas a afrontar el desgaste diario de un trabajo compartido, y éste les expone además a la curiosidad de una considerable parroquia de desconocidos, la obligada rutina de los reproches y los perdones debe de convertirse en una tortura lenta, dosificada, irresoluble. Imagino que cada pareja acabará inventando su propio código, una salida de emergencia privada y clandestina, una forma de mirarse, de rozarse, de acercarse entre barra y barra de pan, entre docena y docena de huevos. A mí, entonces, me da vergüenza mirarles, escucharles, estar simplemente ahí, entre los espectadores de una privacidad que parece no existir siquiera salvo en los momentos que rompen la transparente armonía de la vida en un escaparate. Y sin embargo, cuando me quedo atrapada en la violencia latente de una bronca aplazada, detenida, o interrumpo sin querer el bisbiseo de un ajuste de cuentas en sordina, me sorprende la dignidad automática, instantánea, de los cuerpos que se estiran, las sonrisas que se improvisan en un segundo a sí mismas, la naturalidad esforzada de una voz que pregunta «¿qué desea?», o saluda con los más risueños «buenos días». Y pienso que, si el amor no consistiera en andar pidiendo siempre perdón, tampoco podría ofrecer este temblor, la pudorosa manera de ocultar, incluso a un desconocido, los defectos y las culpas, las arbitrariedades y las manías del ser amado, esa persona que, entre tanto, mientras desescama una merluza o despluma un pollo, debe saber que lo siente, y que se siente mucho mejor, al mismo tiempo que yo.

Pan, mantequilla y semillas de clavel

En aquella casa de la sierra de Madrid había veraneado mucha gente durante muchos años, tres generaciones distintas de la misma familia, mi familia. Por eso había tantas cosas, ropa, libros, revistas, cuadernos, flotadores, toallas, juguetes, bronceadores, toda una extravagante colección de objetos útiles, de utilidad dudosa o definitivamente inútiles, cuya propiedad nadie reivindicaba y que, quizás sólo por eso, nadie se atrevía tampoco a tirar a la basura. Estaban en todas partes, en los maleteros de los armarios, en las baldas más altas de las estanterías, y en un enorme baúl de madera remachado con clavos negros, como el tesoro disperso, nostálgico y tenaz de un robinsón fantasmagórico que se afanara en recoger, año tras año, la herencia de cada uno de los veranos condenados a morir tras haber gozado de una efímera plenitud entre los muros de aquella casa.

Recuerdo muchas de aquellas cosas, pero, sobre todo, una colección de novelas juveniles encuadernadas en cartón verde, con tapa dura, sin sobrecubierta y con un dibujo a tinta china en la portada. Nunca logré averiguar a quién había pertenecido cada ejemplar —«¿Ése...? Pues no sé, sería mío... O a lo mejor era de mi hermana... O de tu padre... O de tu tía Lola, pregúntale a ella, que igual se acuerda...»—, pero conseguí sin esfuerzo apropiarme de unos pocos, que desde entonces fueron míos, aunque tampoco los conservo, porque tampoco yo fui capaz de resistirme a la misteriosa avaricia de la casa de mi abuelo, de la que nada salía. Algunos siguen viviendo en mi memoria, sin embargo, y entre ellos recupero cada verano la primero triste, y luego intensa, y finalmente triunfal historia de una niña pobre que fue capaz de sacar adelante a toda su familia.

Se trataba del último cuento, más bien una novela corta, de una colección de relatos edificantes «para pequeñas lectoras», como se indicaba en la contraportada, cuya autora, una discípula ñoña de Madame de Segur —que ya es decir—, era, y posiblemente sin haber llegado a saberlo nunca, una auténtica hada de la descripción. O, al menos, eso era lo que me fascinaba a mí de aquella historia que leía, y releía, y volvía a leer cada verano sin ser capaz siquiera de explicarme por qué. Marie, la protagonista, huérfana reciente, fulminante incluso, de padre y madre, vivía con su abuela y sus dos hermanos menores en una casa pequeña y limpia, con muy pocas cosas, pero todas muy ordenadas. Eran tan pobres que la autora podía describir, uno por uno, cada objeto que poseían, los muebles, las ropas, los utensilios de la cocina y las flores del jardín, esas flores que acabarían siendo su salvación cuando a la espabilada y animosa protagonista se le ocurriera ir a venderlas a la ciudad. El primer día, y nunca lo olvidaré, compró con sus ganancias pan, mantequilla y semillas de clavel. El segundo día, huevos, y el tercero, un poco de jamón y más semillas. Luego, piensa que te piensa, Marie comprendió que, sin abandonar las flores, le convenía convertir parte del jardín en un huerto, y empezó a cultivar patatas, y tomates, y berenjenas, y zanahorias, y así, párrafo a párrafo, se iban llenando los parterres del jardín y los huecos de la alacena, y las provisiones crecían al mismo ritmo que mi regocijo, hasta que intervenía una señora muy buena y acaudalada que se los llevaba a todos a vivir a su casa, y entonces la historia me dejaba de interesar, hasta el punto de que casi nunca la acababa.

Ahora paso los veranos en una casa de paredes blancas, con muy pocas cosas que, quizás por eso, no me cuesta demasiado trabajo tener muy ordenadas. En esta época del año no recibimos casi cartas, no escuchamos el timbre del teléfono, no nos llegan paquetes ni sacamos del armario la ropa de vestir. Y el primer día, cuando abro la nevera y la encuentro tibia, blanca, acogedoramente vacía, un instante antes de enchufarla para que empiece a hacer ruido, recuerdo siempre a Marie, y durante un instante, mi vida es la vida que cabía en los cálculos de una niña pequeña que leía, y se preguntaba qué compraría ella con una sola moneda, y la primera compra del verano se convierte en una glosa de ese pasaje del *Quijote* en el que un cura que está quemando una biblioteca afirma a la vez, sin culpa y sin sonrojo, que no hay ningún libro tan malo que no contenga algo bueno. Pan, mantequilla y semillas de clavel, por ejemplo.

Las vacaciones de la memoria

Durante la juventud, entrar en el verano es siempre volver a la infancia. Me recuerdo a mí misma hace veinte años, recordando con una precisión entonces asombrosa —ahora más bien incierta, mitológica casi— detalles y sensaciones, olores, colores, letras de canciones y señales de humo que ya no iban dirigidas a mí, sino a la niña que acababa de dejar de ser. Creía haberlas olvidado y, sin embargo, el primer día de vacaciones me las devolvía intactas, como un código en clave para recuperar el equipaje infantil que yo pretendía haber abandonado en una consigna remota y que me estaba esperando allí mismo, a la vuelta de la esquina del mes de junio, tan satisfecho de haberme tomado el pelo. Me bajaba del coche, en la puerta de la casa de mi abuelo, y la tierra que pisaba era la misma donde yo solía dibujar antes la planta de otra casa a mi medida, señalando las siluetas de las camas donde acostaba a mis muñecas, la cocina donde colocaba mis cacharritos, la puerta por donde entraba y salía a la calle que era todo el jardín, hasta que las ruedas del coche de alguna visita lo destrozaban todo de repente, obligándome a ir a buscar el palo que tenía guardado para reconstruir mis dominios después de cada desahucio. Entraba en aquella casa tan grande y siempre llena de gente, y el aire parecía mimarme, alegrarse siempre de tenerme en él, llenarse de ecos femeninos y solícitos, ruido de besos y de regañinas, igual que antes, cuando todas las mujeres jóvenes eran madres, y las mayores, abuelas, y la familia entera parecía girar alrededor de la diversión de los niños, de nuestro aburrimiento. Me recuerdo a mí misma recordando el olor de los laureles, la lenta marcha de las procesionarias de los pinos, el tacto pegajoso de las hojas de jara, y la vida deteniéndose en el primer chapuzón como en el dolor de un abrazo de agujas, la helada sonrisa del agua de las piscinas que acaban de llenarse con el agua que baja de Navacerrada, un recuerdo que sólo ascendía a la superior condición de las certezas cuando mis pies habían despegado ya del trampolín. Entonces me sorprendía de la poderosa terquedad de mi memoria, su determinación a recordar a toda costa.

Ahora me ocurre todo lo contrario. Mi memoria sigue siendo buena, pero debe estar estresada, sobrecargada de datos, de imágenes, de personajes, de palabras vanas, y de las otras, porque este año, igual que el pasado, que el anterior, la entrada en el verano me ha traído el recuerdo asombrado de días que viví hace apenas once, doce meses. Bajo del coche que ahora conduzco yo, y mi cuerpo reacciona a la humedad, mi olfato a la proximidad del mar, mis ojos reconocen la encarnada delicadeza de las buganvillas sobre los muros blancos y mis oídos un silencio que casi los aturde. Y sin embargo todo eso es teoría, como mi propia casa, el tamaño y el número de las habitaciones, el color de los toldos y el de las baldosas, los muebles que puedo recordar precisamente y sin esfuerzo en noviembre o en febrero, cuando vivo en el centro de los mapas, un punto oscuro que dista por igual de todos los azules en la inmensidad monótona del ocre. Abro la puerta y todo es familiar, porque es previsible. Pero miro los libros de las estanterías y me pregunto qué hacen aquí, quién y cuándo los leyó, si no fui yo, o cómo he podido olvidar que los leí yo misma en esta casa. La cocina es una caja de sorpresas. ¿Yo tenía un colador? No sé. ¿Y dónde estará? Aquí. Bien. ¿Pero esto qué es? Una picadora. ¿Tenía yo en la playa una batidora con picadora? Pues sí, debía de tenerla porque aquí está. ¿Y esta brocha? ¿Me llegué a comprar yo aquí una brocha? ¿Y había tan pocos vasos? ¿Y el azucarero? Porque aquí tendríamos un azucarero, digo yo... He cargado con un montón de juguetes y de libros para colorear, y en el cuarto de las niñas había otros tantos. Me pinté la mano con un bolígrafo para no olvidarme del termómetro ni de las tijeras de las uñas, y ahora tengo un par de ejemplares de cada cosa. En el salón abundan los objetos cuya procedencia tardo días enteros en establecer. Al colocar en la despensa el producto del primer y desaforado asalto veraniego al supermercado, encuentro por lo menos dos docenas de motivos para arrepentirme de no haber estudiado antes las existencias. Mi desmemoria me sorprende aún más que la memoria de antaño. A partir de cierta edad, el verano se convierte en un pasadizo donde el tiempo pierde su propio rastro, persiguiendo un camino recto que no llega a encontrar jamás. Mientras busco esos bañadores que guardé tan bien el año pasado, aún recuerdo el olor de los laureles, la lenta marcha de las procesionarias de los pinos, el tacto pegajoso de las hojas de jara.

Palacios en la arena

Cuando empecé a veranear aquí, en el pueblo de la bahía de Cádiz al que vuelvo cada verano desde hace unos años, el fenómeno me sorprendió tanto que el primer domingo de agosto que desembarqué en la playa pensé que había sucedido alguna catástrofe, forzosamente natural, porque de un bombardeo me habría enterado. Entre las dunas y el mar había brotado de la noche a la mañana, como por ensalmo, un auténtico campamento improvisado a base de tiendas de campaña, que se prolongaban en toldos y sombrillas hasta abarcar extensiones de arena en las que se podría edificar una vivienda pequeña. Al verla de lejos, no logré explicarme a qué se debía esa súbita proliferación de lonas estampadas que fragmentaba la playa en una multitud de pequeñas parcelas, para prestarle una apariencia insólita. El paisaje desnudo y tranquilo del resto del año estaba más cerca entonces del aspecto de un campo de refugiados que de su propia y pacífica imagen. Sin embargo, cuando me instalé con mi humilde esterilla cerca de una de aquellas inmensas *jaimas*, pude comprobar que la realidad era mucho menos dramática de lo que había calculado. Allí, en media docena de sillas de plástico dispuestas alrededor de una mesa plegable, estaba una familia pasando el día, nada más. El argumento es muy sencillo. En el barroquismo de la puesta en escena reside, a cambio, el espectáculo. Y es verdaderamente extraordinario.

He llegado a ver, sobre la mesa, un mantel estampado de algodón, con su correspondiente juego de servilletas, y una vajilla completa de *duralex*, platos y vasos de cristal, cubiertos metálicos. A veces, el toldo que cobija el salón-comedor da paso a otro tenderete de lona donde se ven unas esterillas colocadas en el suelo, o, cuando hay suerte, un par de tumbonas preparadas para la siesta. Las neveras no se cuentan con los dedos de una mano, y las bolsas de plástico llenas hasta los topes, ni siquiera con los de las dos. Cuando en la familia hay un bebé, puede encontrarse a la sombra una cuna de viaje, y casi siempre una pequeña piscina de plástico hinchable, que algún sufrido hermano mayor infla con una bomba de pedal después de haber animado a una fauna marina completa, cocodrilos, peces, ballenas, delfines, y hasta algún neumático de camión, que suele ser la colchoneta preferida de su madre. El reparto sexual del trabajo está perfectamente definido. A primeras horas de la mañana, y supongo que a primerísimas también, aunque no me levanto para verlo, las mujeres se ocupan de los niños, juegan con ellos, se bañan y toman el sol, mientras sus maridos se ocupan de las tareas de acarreo y montaje. A la hora del aperitivo, ellos abren las neveras, sacan la cerveza o la botella de manzanilla —en ese caso, junto con sus correspondientes catavinos o vasitos que, ignoro por qué, pero a diferencia de los demás, suelen ser de plástico—, y descansan mientras ellas ponen la mesa y empiezan a sacar comida, y más comida, y más comida. El menú está, como mínimo, a la altura del comedor, y consta de varios platos, algunos de ellos escogidos entre los que, a simple vista, parecería más incómodo comer en una playa. No hay problema. Todos están sentados, y provistos de herramientas suficientes para comer cualquier cosa, ensaladilla rusa, pimientos rellenos, carne con tomate, patatas con bacalao. Lo que sea. Luego, las mujeres aclaran la vajilla con agua de mar, que sus hijos les traen cubo a cubo, y lo guardan todo. Entonces vuelven a descansar, y coinciden durante un par de horas con sus maridos, que, a la caída de la tarde y con los labios cortados de comer pipas, tienen que deshacer, clavo por clavo y lona por lona, todo lo que han levantado por la mañana. Cuando terminan de desmontar, embalar y transportar ya es casi de noche, pero siempre hay un niño que todavía se está bañando.

Cuando el último coche arranca, la playa conserva durante algún tiempo un cierto aire de abandono, como si no se resignara a quedarse tan vacía de repente. Aunque sean cuidadosos, y la mayoría lo son, aunque no dejen envases ni bolsas de basura esparcidas por el suelo, la arena guarda la memoria de sus cuerpos, de sus muebles, de sus postes, de sus incontables bártulos de un día. Ellos no lo saben, pero su dominio se prolonga después de su partida hasta que pasa el camión de la limpieza, y en ese momento, mientras se recupera sin ganas a sí misma, la playa parece echarlos de menos.

El espíritu del salacot

Los reconozco enseguida porque nos bañamos en la misma playa y alguna vez, en lo que va de verano, hemos mantenido ese contacto trivial, accidental, esporádico, al que obligan los hijos pequeños a sus padres cuando se empeñan en jugar solamente con los juguetes de los niños de la sombrilla de más allá, que es casi siempre. En esa coyuntura de sonrisas obligadas y sufrida complicidad, les he escuchado pronunciar las mismas frases a las que yo misma recurro un montón de veces en una sola mañana, no seas así, Fulanito, ¿cuántas veces te he dicho que hay que compartir los juguetes?, si eres antipático con esta niña y no le dejas tu camión, ella luego no querrá dejarte su regadera... No sé cómo se llaman, ni a qué se dedican, ni de dónde vienen, aunque su acento seco, que respeta todas las eses y perpetra a cambio un laísmo vicioso, sistemático, me induce a pensar que se puede ir en metro de su casa a la mía. Tal vez no sea así, pero en todo caso son habitantes del interior, de esos que recuperan instantáneamente el brillo de una infancia estaparia y un pelín gamberra ante el deslumbramiento eterno, siempre imprevisible, siempre repetido, de la arena, de las olas, del océano, ese regalo gratuito que nunca nos tocó en suerte.

Me los encuentro ahora, por la tarde, deambulando por los pasillos del supermercado con el aspecto desorientado, tímido incluso, del que no encuentra ninguna pista para orientarse en un modesto laberinto cotidiano que debería parecerse a todos los demás, y sin embargo se obstina en ser distinto. Sus pasos vacilantes, que vuelven una y otra vez a hollar las mismas baldosas sin acabar de encontrar nunca el pan de molde, son una imagen metafórica de la vida en vacaciones, esos días laborables para los otros que simulan formar parte de la realidad, y que sin embargo suceden en otro lugar, en un mundo distinto, sometido a otras leyes, otro tiempo, otra lógica que es absurda sin dejar por eso de ser implacable, como es la obligación, la condición de todas las lógicas. Sus hijos lo saben ya, porque los veo correr por la playa, subirse a las rocas, tirarse de cabeza al agua incluso sin ganas, con tal de zafarse del bocadillo de jamón y el zumo cien por cien natural con los que sus padres los persiguen sin éxito hasta la orilla que les moja los pies. Los niños son el verdadero termómetro, la única contraseña capaz de explicar las leyes ocultas de este misterio anual, y se acostumbran enseguida al caos incontrolado de los días más raros, sin acusar el cansancio de un horario estrictamente insano. Se acuestan a la una, se levantan a mediodía, meriendan a las ocho de la tarde, cenan dos veces, no comen y, a pesar de todo, se ponen morenos y engordan.

Mis colegas de playa y persecuciones infantiles van a necesitar un poco más de tiempo para darse cuenta de todo esto. Eso se nota sólo con verles. Sur, verano, calor, ha pensado él, y ha escogido unos bermudas, una camiseta y las correspondientes sandalias de tiras de cuero. Sur, verano, calor, ha pensado ella, y en su primera visita al mercadillo ha seleccionado tres estampados distintos del modelo playero que está de moda esta temporada. Así, con el mismo espíritu que armaba a los expedicionarios decimonónicos con cazamariposas y salacot, circulan entre multitudes de gente elegante que resulta haber nacido aquí, haber vivido aquí toda su vida. Por eso disimulan su estupor ante la oferta de la pescadería y, con tal de no preguntar, acaban llevándose un pescado insólito, que no conocen porque nunca lo han visto y del que no saben ni siquiera cómo se come. Por eso compran cervezas por múltiplos de docenas, como si tuvieran previsto instalar un campamento de refugiados en la terraza del apartamento en lugar de invitar a sus cuñados a pasar un fin de semana. Por eso escogen siempre los lotes especiales para barbacoa, aunque a uno sólo le gusten las costillas y a ninguno de los dos los pinchitos adobados. Están de vacaciones. La casa que alquilaron por teléfono está orientada a poniente, el lavavajillas no funciona, el calentador se apaga solo, los mosquitos les atacan cada noche como una plaga bíblica, pero, aunque todavía no lo sepan, acabarán siendo felices. Porque esto parece la realidad, pero está claro que es otra cosa.

Maldito *sushi*

El trayecto no es lo bastante largo para merecer el calificativo de viaje, pero sigue siendo una buena excursión por más que hayan mejorado las carreteras. Desde Rota hasta El Puerto, casi caravana. Después, autovía hasta San Fernando, y mucho cuidado, que todos los años nos perdemos y acabamos metiéndonos en Cádiz... Mi marido y a la sazón conductor me mira con una generosidad rayana en la condescendencia y me ruega que no me preocupe. No me voy a perder, me asegura, y en efecto, no se pierde. Tomamos una carretera secundaria, de esas que aparecen pintadas de verde en los mapas, y al ver una desviación a Vejer de la Frontera, lanzo un grito tal, y tan agudo, que al pobre no le queda más remedio que hacerme caso. Entonces es cuando nos equivocamos de camino, y por culpa mía, lo reconozco. Ahora vamos por una carretera enloquecida de puro empinada, que en el mapa aparece pintada de amarillo y no sé yo si se merece siquiera ese color, pero al llegar arriba, y coronar el pueblo inmaculado en busca de la cuesta inversa, que nos devolverá por fin, y con media hora de retraso, a la carretera que nunca deberíamos haber abandonado, le pregunto si es que acaso no es bonito lo que ve, y los dos nos echamos a reír. No tenemos prisa, porque hoy no tenemos otra cosa que hacer. Es nuestro gran día de caza del verano, la expedición anual en pos del manjar más raro que yo haya probado jamás, algo tan vulgar en apariencia como una lata de atún en aceite de oliva, que sin dejar de ser una lata de atún en aceite de oliva, no se parece ni remotamente, sin embargo, a eso en lo que todos ustedes están pensando. La madre de todos los atunes, Miss Atún del Universo, la única Reina de los Mares y el mismísimo dios Poseidón encarnados a dúo en una sola y atunada persona nos están esperando.

La playa de Barbate parece una postal, con sus barquitos de pesca y sus casas blancas, y el perfil de una arena idealmente dorada recortándose contra el espejo de agua de un océano idealmente azul. El pueblo está tranquilo, como siempre, aunque, como siempre también, no hay sitio para aparcar bien en ninguna parte. Al final aparcamos mal, encima de una acera, y cruzo la calle corriendo sin mirar, mis ojos ya clavados en la estantería donde los envases azules, un kilo de felicidad al simple alcance de un abrelatas, me seducen a través del escaparate acristalado. Al entrar en la tienda, doy los buenos días a la dependienta sin mirarla siquiera, pero ella me presta más atención, porque cuando estoy ya delante de un expositor lleno de latas etiquetadas con expresiones que mi mente se niega a procesar por muy bien que yo las lea —caballa en aceite, dicen, sardinas en aceite, mejillones en escabeche, navajas al natural—, se acerca a mí sin hacer ruido.

—No estará buscando atún, ¿verdad? —y detecto una brizna de compasión en su voz.

—Sí, claro que sí... —y la miro para comprobar que ella me devuelve una mirada triste—. Vengo desde Rota..., y antes desde Madrid, sólo para... Vengo todos los años...

—Ya, si la conozco de otras veces. Pero ahora no hay.

—¿Que no hay? —está mal que yo lo diga, pero les aseguro que así, de entrada, ni siquiera lo de las Torres Gemelas me desanimó tanto—. ¿Cómo que no hay? No puede ser...

—Hace casi un año que la fábrica no envasa atún, hace meses ya que no tenemos. No se crea que es la primera. Hay mucha gente esperando, pero no nos entra nada, lo siento.

Esto debe ser el alemán aquel, digo para mí misma, el alemán aquel, aquel maldito comisario de Agricultura que no me acuerdo cómo se llama... Del apellido no, pero de todos sus muertos sí consigo acordarme cuando, sólo un par de segundos más tarde, la dependienta lo exime de toda culpa.

—Son los japoneses, ¿sabe? Compran todos los atunes que pueden, en los mismos barcos, antes de tocar puerto. Van por ahí, con una lancha rápida, y lo apalabran todo en alta mar. Aquí llega muy poco, desde luego. Se lo quedan ellos, para hacer... Bueno, eso que hacen con el pescado crudo, ya sabe...

Nunca más, me digo, nunca más. Nunca pagaréis bastante por este crimen. Me estoy prometiendo a mí misma una vuelta incondicional a la cocina cantonesa, cuando la barbateña resume la realidad con una contundente precisión.

—Y es lo que decimos en el pueblo, que hay que jorobarse con la globalización, ¿verdad?

—Pues sí —respondo yo—. Desde luego.

Los hijos del deseo

Son la muestra más elocuente de la perpetua insatisfacción a la que nos condena nuestra infinita capacidad de desear, ese rasgo que distingue a los seres humanos del resto de las criaturas vivientes con mucha más contundencia que la razón. Los he visto en septiembre, con las huellas del verano impresas en todo el cuerpo, la nariz pelada, las rodillas gloriosamente heridas, el pelo estropajoso de salitre de mar y cloro de piscina, arrastrando en sus mochilas nuevas la dolorosa memoria de una alegría soleada, acuática, pandillera y, sobre todo, salvaje. Entonces da pena verlos, pero aún son más conmovedores en invierno, cuando el timbre del despertador suena de noche como una cotidiana sentencia de destierro, y las sábanas están calientes, y las aceras heladas, y los párpados se resisten a despegarse ante una taza de cacao caliente, y esa mañana tampoco han merecido el premio de la fiebre, y el mundo es un asco que hay que atravesar con la trenka bien cerrada, muchos kilos a la espalda, y la fortaleza imprescindible para no desfallecer en un aula humillada por los neones blancuzcos que hacen pálido el aire, más allá de un cielo gris que se deshilacha en jirones de lluvia y de viento contra los temblorosos cristales de las ventanas. Los Reyes Magos jamás conceden el deseo supremo de la demolición de todos los colegios pero, con el presentimiento de la primavera, los más pequeños empiezan a animarse. Los mayores, a cambio, acusan los primeros síntomas de una inquietud que, en el mejor de los casos, se parecerá mucho a la angustia a mediados de mayo. Los que ya dan el curso por perdido están todavía peor, enfermos de miedo, deprimidos, sudorosos, insomnes. Y de repente, todo se acaba, la realidad se invierte a sí misma como un guante travieso, las horas se vuelven locas, las casas cómplices, y las calles casas. El primer día de vacaciones es la única fiesta verdadera, pero se parece a las demás, porque no dura.

Los humanos somos animales deseantes. Ése es nuestro destino, nuestro carácter, nuestra irremediable naturaleza. Por eso, las carreras y los gritos, los brincos y las carcajadas, la pereza y los propósitos de la última semana de junio, no sobreviven en buen estado a la primera quincena de julio. Los niños olvidan pronto, antes incluso que los adultos, y en su radical desmemoria no recuerdan hasta qué punto han anhelado la cama, los desayunos a mediodía, la pasiva tutela del televisor, durante los últimos trescientos días. Ya están de vacaciones, si levantan la vista, todavía pueden ver impresa en todas partes esa palabra casi entera, apenas han empezado a mordisquearla por una esquinita y, sin embargo, no están satisfechos, no pueden estarlo. La mayoría sigue viviendo en su casa de siempre, esperando otras vacaciones, las de sus padres, para disfrutar de las que ahora consideran egoístamente sus vacaciones verdaderas. Mientras tanto, pululan por el barrio, juegan al fútbol con las chinas, devoran polos de hielo, meditan acerca de su negra suerte, e intentan quitarse de en medio como sea de la amenaza de los recados, la fiera agazapada en esas horas neutrales que ya no se acuerdan de reconocer como dichosas.

Llegan al mercado con paso lento, cara de cabreo y un papelito doblado en cuatro en una mano. Unos son más altos y otros más bajos, los hay guapos y feos, mayores y pequeños, gordos y delgados, pero su discurso, unánime, los hace tan homogéneos como si formaran parte de una multitudinaria generación de mellizos idénticos. Vayan donde vayan, pidan lo que pidan, paguen lo que paguen, solamente existen dos palabras que salgan de su boca por propia voluntad, al margen de las instrucciones que hayan recibido en su casa. Esas palabras son «injusticia» y «aburrimiento», porque el universo mundo es un lugar aburridísimo donde jamás son tratados con la magnanimidad que merecen, y no han aprobado el curso para esto. Eso opinan, y yo creo que tienen razón. Por encima de la censura implícita en las miradas de esa señora que se queja de lo blandos que nos hemos vuelto los padres y no confiesa hasta qué punto sueña con un collar de perlas, o de ese otro señor que afirma que no tienen vergüenza sin revelar que el coche nuevo de su cuñado le quita el sueño, los niños no hacen más que perseguir el rastro de sus deseos insatisfechos. Los que nacemos humanos no conocemos otra manera de vivir.

El grito de la nevera

Con independencia del calor o del fresco, de los cielos rotundos o el chubasco precoz que cae a traición, cuando todavía no toca, una cierta bruma de desolación general empaña el clima de los últimos días de agosto. Mientras la noche vuelve a engordar a costa de la luz de los atardeceres, y la rebeca de media tarde se convierte en el presagio más certero del porvenir, todos los finales empiezan a parecerse. El fervor marchoso y acuático que se desata el día quince, como si la Virgen María pudiera tocar el silbato y sacarse del bolsillo una tarjeta amarilla, no dura mucho más de una semana. Después, quien más y quien menos se da cuenta de repente de que ya está harto de sol, de olas, de paseos por el campo, de noches de discoteca o de mañanas de resaca. Entonces, esos seres insatisfechos que además somos humanos, sucumbimos a un estado de ánimo paradójico, sutil, que se podría definir como la profunda nostalgia de un tiempo que todavía no ha terminado de pasar, y que por lo tanto aún no es apto para la nostalgia. Instalados en el cable de un funambulista, recordamos con melancólico pesar la ilusión intacta de las vacaciones, una condición propia de los meses laborables que sólo las propias vacaciones son capaces de desbaratar. Íbamos a hacer esto, y aquello, y lo otro, adelgazar, dejar de fumar, montar en bici, leer el *Quijote*, enseñar a los niños a nadar sin manguitos, o a tirarse de cabeza, y repasamos la lista de los pequeños fracasos acumulados en un mes que, al fin y al cabo, no es nada más que eso, un mes, un plazo demasiado breve para absorber los pecados de todo el año, sin reparar en que todavía no ha terminado, en que quedan nueve días, o siete, o cinco, para emprender al menos alguna cosa. Pero al margen de la legendaria precisión de los relojes, el tiempo no es regular, no es imparcial, ni objetivo. Por eso nos rendimos antes de que nos elimine el calendario, entregamos las armas cuando todavía nadie nos las ha exigido, y nos sentamos a esperar tranquilamente lo que más tememos, con una especie de complacencia morbosa que nunca excluye, eso jamás, la luminosa, dinámica y placentera imagen que, de nosotros mismos en esta misma fecha, llegaremos a tener a mediados de noviembre, a primeros de enero, o a últimos de abril.

Y así hasta el final. De tanto mirar hacia arriba con recelo cada vez que abrimos el armario, llega el momento de bajar las maletas. Debería ser el peor, el más amargo, pero entonces la paradoja cambia de signo, se afila, se retuerce, porque por algo nos hemos llevado el premio gordo en la lotería de la selección natural, por algo llevamos tantos siglos exterminando cucarachas. La verdad, nos decimos, entre la apertura del primer broche de la maleta y la del segundo, es que estoy deseando volver a casa... Y lo más fascinante del asunto es que se trata de una verdad auténtica, redonda, indiscutible. Porque nadie desea prolongar el tiempo de los últimos días de vacaciones, el presentimiento cíclico y sombrío de su final, la crueldad de una mañana de playa perfecta, calurosa, transparente, que acierta sin embargo a susurrar desde cualquier esquina del aire que no olvidemos que tal vez será la última. La nostalgia no se alimenta de esta clase de despojos, y para volver a padecerla, ilimitada y fértil como sólo son los primeros días del mes de agosto, es preciso volver, renunciar, acabar con este mutilado y estéril simulacro.

Con ese espíritu, combativo antes que resignado, termino de hacer el equipaje, de guardar los muebles del jardín, de asegurar todas las contraventanas, y entonces, siempre a destiempo, me acuerdo de la nevera. Sólo hay una cosa más terrible que una nevera cerrada cuando el coche está ya cargado, y ésa es, sin duda, una nevera abierta que grita desde cada estante, desde cada hueco, desde cada envase, ¿y qué piensas hacer ahora con todo esto? Esa imagen condensada y precisa del desastre, que se conecta a distancia con otra nevera vacía en la que, a lo sumo, se podrá encontrar un *tetrabrick* de leche caducado, es la tumba súbita de cualquier reflexión. Los seres humanos no sólo somos criaturas insatisfechas. También somos débiles. Por eso, la última dosis de energía apenas basta para encontrar el rollo de las bolsas de la basura. Después sólo queda sentarse en una silla, y echarse a llorar.

Variantes en la memoria

Para devolver a esa palabra el torrente de sugerencias que derramaba entonces, debo amortiguar primero las luces. Recuerdo una luz tenue, casi pálida, alumbrando un feroz contraste de color, el gris universal de los trajes de los hombres frente al furor acharolado y rabioso de la ropa de las mujeres más jóvenes, minifaldas, boinas y botas con plataforma que sembraban en ciertas bocas de labios arrugados un adjetivo insólito, yeyé, tan ridículo y sonoro a la vez como tantos otros hallazgos de la época. En aquella España tan antigua, donde los modernos ni siquiera podían aspirar a ser reconocidos como tales y tenían que conformarse con la repetición machacona e irónica de una sílaba ajena, y por ajena culpable, mi palabra, en cambio, resplandecía de raigambre metafísica con la severidad de un inflexible acertijo escolástico. Me recuerdo ante ella, atrapada en el irresoluble misterio de sus nueve letras, deletreándolas una y otra vez sin llegar a ser jamás capaz de interpretarlas. VARIANTES, decía el letrero primorosamente pintado a mano sobre un panel de cristal oscuro. Variantes, leía yo sin dificultad, y me preguntaba, pero variantes ¿de qué?, ¿en qué?, ¿por qué?, ¿para qué? Sobre el mostrador de mármol de aquellos puestos, tal vez los más apetitosos de todo el mercado, reposaban grandes latas de aceitunas de todas las clases, sevillanas, deshuesadas, negras, aliñadas, gordas, pequeñas, rajadas, rellenas de anchoas o de pimiento y, por supuesto, de Camporreal, ese milagroso indicio de que en alguna parte debe existir un mundo mejor que éste. Y yo, con mi cabeza de niña empollona y repelente, pensaba que aquello, como mucho, eran variedades de aceitunas, variedades, pero no variantes, para que aquella coincidencia etimológica se estrellara enseguida contra el resto de la oferta, latas grandes como toneles llenas de atún en aceite, al natural y en escabeche, pimientos morrones, guisantes, anchoas, arenques, banderillas, encurtidos, especias, azafrán, una multitud de alimentos en conserva que se despachaban a granel y para los que se me ocurrían un montón de nombres razonables, en lugar de aquel impenetrable arcano que nadie parecía capaz de descifrar para mí.

—¿Y por qué se llaman variantes, mamá?

—¡Ay, niña, cállate y déjame en paz, que estás siempre con lo mismo...!

—Y usted, señor... —insistía luego, para probar suerte con el tendero—. ¿Lo sabe usted?

—¡Qué voy a saber yo, maja, qué voy yo a saber...!

El contenido de los puestos ha cambiado poco desde entonces, y sin embargo, la mayoría de aquellos enigmáticos letreros no sobreviven a la agonía del siglo. Como si hubieran acertado a escuchar el mudo clamor de un antiguo desconcierto, casi todos los propietarios han ido optando por fórmulas más transparentes, *Alimentación* en muchos casos, *Conservas* a veces o, con suerte, *Ultramarinos*, otra palabra espléndida que deposita un grano de sal en la lengua de quien la pronuncia y alienta un instante de imperial confusión en la memoria. Pero ahora, cuando comprendo bien todos los nombres, el misterio ha cambiado de signo, y cuando decido responder a la llamada atávica de las aceitunas de Camporreal, una de las pocas debilidades humanas que conservo tras dos décadas largas de dieta, escojo un puesto pequeño que mantiene vivo el conflicto de mi infancia. *Variantes*, leo, y sigo sin saber de qué, en qué, por qué, para qué, pero conozco unos versos que me hacen compañía: «Nos duele envejecer, pero resulta / más difícil aún / comprender que se ama solamente / aquello que envejece». El irritante hermetismo del acertijo de antaño vuelve a mí como una vieja contraseña familiar y conocida, que no exige más respuestas que las que nos debe el tiempo. Podríamos haber aspirado a una memoria mejor, más alegre y luminosa, pero no tenemos más memoria que la nuestra, y estamos abocados a la pálida luz de las bombillas, y a un puñado de palabras absurdas que los años han salvado porque siguen hablando de nosotros mismos, y que así se han cargado, por fin, de sentido.

La tristeza

Escojo con cuidado los tomates y mis dedos saben que se acaba el verano. Su piel, tersa y brillante, traiciona un destello anaranjado en el rojo furioso de la pulpa. Es el sol. Los tomates del verano maduran al sol y conservan su memoria, un calor que sorprende a las palmas de mis manos, y templa las paredes de la bolsa de plástico, y sólo se extingue en el cajón de la nevera. Me asombra su tenacidad, su ambición de sobrevivir al presentimiento del otoño, su efímera batalla contra el calendario. Dentro de muy poco tiempo, quizás un par de semanas, tal vez menos, su piel será más blanda y más opaca, su color apagado, más oscuro y monótono, sin matices dorados, sin resquicios de luz. Los tomates del invierno maduran en cámaras frigoríficas y envejecen deprisa, como si viajaran de la mata a la decrepitud en un trayecto breve y sin escalas, como si estuvieran encogidos de frío, como si padecieran el exilio del sol. Tampoco invierto entonces tanto tiempo en escogerlos.

Me despido de ellos con una imprecisa y pequeña tristeza, la misma humilde melancolía que me ha asaltado en cada rincón del pueblo mientras venía al mercado para hacer la última compra del verano. Los puestos de las calles peatonales del centro, con sus vestidos playeros que nadie descuelga de los travesaños para probárselos sobre la ropa, y la bisutería que nadie se inclina para estudiar de cerca, y la infinita variedad de pinzas para recogerse el pelo que reposa sobre el tablero, cada una perfectamente alineada con la anterior y la sucesiva en una formación de rigor militar que hoy nadie perturba, me han devuelto una mirada cansada, indiferente. Las bolsas de malla con cubos de plástico, regadera, pala, rastrillo y dos moldes para hacer flanes de arena, transmiten un desamparo mayor, mientras un viento fresco de poniente las hace bailar en las fachadas de las tiendas. Las aceras en las que durante los dos últimos meses nadie ha podido aparcar parecen desnudas en sus huecos, y el muelle se duele de los barcos perdidos como una mujer abandonada e impúdica que recuenta ante un grupo de extraños las infidelidades de su marido. El estribillo pesado y tontorrón de la canción del verano se burla de mis oídos al asaltarlos a traición desde el umbral de cualquier bar desierto.

Todos los veranos empiezan igual, con un barullo universal de proyectos, y billetes, y reservas, y gafas de sol, y compras de última hora, y colas en las gasolineras, y maletas abiertas encima de la cama. Sin embargo, cada verano termina de una manera distinta, con su propia soledad, su propio abandono, su propia incertidumbre. Ésa es la condición de la tristeza, la experiencia más individual, el más intransferible y exclusivo de los sentimientos humanos. Por eso estoy tan triste yo, ahora mismo, mientras miro el final de una época que para mí es esta vez mucho más que una estación del año. Porque durante tres años he vivido con ellos, tres veranos seguidos poniendo el despertador para madrugar igual que en invierno, tres veranos llevándomelos a la playa por las mañanas y a tomar copas por las noches, tres veranos sintiéndolos crecer a mis espaldas como una sombra de más, muchas sombras distintas pegadas a mi sombra. Estaba deseando quitármelos de encima y a finales de agosto lo conseguí por fin. Adiós, les dije, adiós, dijeron ellos, y en el instante más puro de mi triunfo, en la cota más alta de mi escalada, en la ebriedad incondicional de aquella hazaña, los personajes de mi novela parecían más contentos que yo.

Deben de seguir estándolo, porque mientras escojo con cuidado los tomates del último gazpacho de este verano, mis dedos saben que los primeros del verano que viene tendrán un tacto distinto. Cuando sienta su calor en la palma de las manos, sujetas a la regla universal de la alegría, no lograré percibirlo, pero ahora lo sé, y esa intuición es suficiente para darme ganas de llorar. En ese momento, otro carro choca con el mío. La autora del topetazo es una amiga que ya se ha enterado de la noticia. Enhorabuena, me dice, y yo afirmo moviendo apenas la cabeza. Has acabado la novela, ¿no?, pregunta mirándome a los ojos, como si no lograra hacer coincidir la expresión de mi cara con la que me había atribuido por su cuenta hace un momento, al reconocerme de lejos. Sí, contesto. Pues eso, que enhorabuena, repite. Gracias, le digo.

Otoño

Otoño

La normalidad

La normalidad se resiste a los relojes, al calendario y a la pobre voluntad de quienes no pueden escapar de su dictadura. Las dictaduras dobles nunca dividen por la mitad, se suman la una a la otra, y las dos salen ganando a costa de la salud de sus víctimas. Para comprobarlo, no hay más que salir a la calle en estos días de septiembre, siempre extraños, siempre engañosos y esquivos. Las antiguas dulzuras de los vendimiadores se han disuelto en la imagen de una cuerda de presos, tan indiferentes a la alegría de las uvas y de los pámpanos como dolorosamente conscientes de no haber mudado todavía la piel de la felicidad, el color de los veranos. A las ocho de la mañana, esa hora que parece exigir una gabardina, un buen abrigo de paño, un paraguas o, al menos, un modesto par de calcetines, las aceras se llenan de manchas blancas, rosas, amarillas, turquesas, tropicales, camisetas de tirantes y sandalias, pantalones ligeros y camisas claras de manga corta, cuerpos desorientados, aturdidos, mentirosos, abrumados a partes iguales por la nostalgia de una esperanza intacta y el implacable presentimiento del frío. A mediodía hace un calor de todos los demonios, pero el termómetro, heraldo hace sólo tres meses de todo lo bueno, se convierte en el verdugo más odioso de esta sofocante contradicción. Las noches son estupendas, pero sólo unos pocos se atreven a seguir frecuentando las terrazas, como si el 31 de agosto impusiera un toque de queda que sólo ignoran los botellones del fin de semana.

El mercado, que se despereza lentamente, como la montaña animada y tragadora de piedras de un cuento infantil, es testigo de la lucha desesperada de quienes pretenden borrar septiembre de los calendarios a toda costa. También ahora, igual que en cualquier otra época del año, un observador cuidadoso podría deducir la fecha en la que estamos sin otro indicio que la oferta de los puestos, tan ambigua, tan confusa como en ningún otro mes. En las pollerías, la piel amarillenta y rugosa de las gallinas ha recuperado el protagonismo de la primera fila del mostrador. En las fruterías, ciruelas y melocotones, melones y sandías, han cedido parte de su reino a los restantes ingredientes del caldo, los nabos y los puerros, el apio y las zanahorias que suelen veranear en el limbo de las cámaras frigoríficas. El gazpacho y la sopita de fideos, dos opciones radicales, contrapuestas, pero respaldadas sin embargo cada una por su propia lógica, batallan por la supremacía en la imaginación de las amas de casa, que siguen viendo carteles de helados por todas partes pero ya no los miran.

Ellas también saben que es urgente conquistar la normalidad, alcanzarla de nuevo, instalarse en ella, someterla, porque ninguna otra cara de la realidad tiene una cara tan traidora, tan difícil, tan escurridiza. Nada más cruel que la apariencia de las vacaciones cuando ya se han terminado, nada más duro que la excepcionalidad forzosa, forzada, de las personas y los días que se la han encontrado sin buscarla. Los amores de verano tiemblan aún en la mirada lánguida de las jovencitas desganadas, el último puñado de arena todavía se escurre entre los dedos de los niños salvajes que se aburren y bufan entre las estrechas paredes de un piso, porque no se puede ser feliz en este tiempo muerto y lentísimo, el indeseable paréntesis entre una vida que ya es mentira y otra que todavía no acaba de ser verdad del todo. Ningún destino es tan ingrato como el de las personas condenadas a vivir eternamente en septiembre.

Por eso, y precisamente desde aquí, desde esta página poblada casi siempre por los humildes afanes y trabajos de la cotidianidad más estricta, quiero agradecerle a José María Sánchez Silva, el teniente coronel del Cuerpo Jurídico del Ejército español que ha declarado en público, y en septiembre, que es homosexual, un gesto que nos ha hecho a todos un poco mejores. La normalidad es la cara más traidora, más difícil, más escurridiza de la realidad, pero está al alcance de cualquier persona capaz de afrontarla en su conciencia. No existe actitud tan admirable como esa, ni palabras que puedan expresar con precisión la admiración que siento por ella. Por eso, me limitaré a escribir una sola. Gracias. Por convicción, por emoción, y también, por qué no, por patriotismo.

El sabor del otoño

La ciudad de septiembre tiene gesto de amante despechada. Llego, la miro, recorro las calles que siempre han sido mías, o quizás esas calles que siempre me han tenido, y ella hace como que no me ve. En cada paso siento su desdén, la fingida indiferencia de una brisa, veraniega todavía bajo las primeras luces del otoño, que parece murmurar, tú te lo has perdido, te lo has perdido, perdido, perdido... Las bocinas de los coches, el chirrido del freno de los autobuses, el júbilo gritón de los niños que se reencuentran, y se abrazan, y se golpean, y se ríen, y se tiran al suelo hechos un lío de piernas rasguñadas en pantalones cortos, no han apagado del todo el eco de sus reproches. El primer mes del resto del año está llegando a su fin, y sin embargo, los espejos me dicen que aún estoy morena, y el fondo de mis ojos guarda el reflejo de otra luz, otros rostros, colores chillones y humedad salada, las llamas de las velas y la felicidad absurda e infantil de las tres y media de la mañana en el patio de la casa de Benjamín, donde podíamos chillar, y cantar, y hacer ruido, *I know, it's only Aserejé but I like it*, sin que el mar se quejara de tan malos vecinos.

Ha sido un verano largo y risueño, fresco por fuera pero cálido por dentro, y quizás ella lo sabe. Debe saber también que, de todos modos, me gusta volver, aunque no la haya echado exactamente de menos. Ella es la dueña de la melancolía del otoño, de la blancura del invierno, de la alegría de la primavera, y la tutora del próximo verano, que jamás logrará comenzar sino en ella, y sin embargo parece que quiere más. En el barrio han cambiado pocas cosas, algunas tiendas han abierto, otras han cerrado, las embarazadas de junio pasean con un cochecito por las aceras, han logrado vender por fin aquel piso tan caro, el portero de al lado se ha jubilado ya, el chino de la esquina ha cambiado de negocio, y aún no he acabado de acostumbrarme. Me extraña poner el despertador a las siete y cuarto de la mañana, acechar el dato de la temperatura y el color del cielo mientras hago el desayuno con la radio puesta, levantar a los niños, vestirlos, pastorearlos hacia el colegio que ahora parece mentira que haya empezado ya, cuando hace sólo quince días estaba tan lejos aún. Y al salir a la calle, bastante despierta pero no del todo, la ciudad de septiembre me mira por encima del hombro, me marca con la turbia señal de los traidores, me grita que ha podido vivir sin mí todo el verano.

Pero como todas las actividades esenciales, las que permiten de verdad vivir, las que nos anclan con decisión al mundo, sé que la cocina me salvará del desconcierto. Yo no planto árboles, no navego, no pesco, no cazo, no crío animales ni cuido un jardín. Y sin embargo, interpreto el paso de las estaciones, la comprometida alternancia de los climas, y el contraste entre las horas de luz y oscuridad, según mi propio código, un escueto decálogo de máximas que ha probado su eficacia durante siglos sin cuento, y que no por compartido con media humanidad resulta menos original, menos genuino. La ciudad también lo sabe, tiene que saberlo, porque siempre ha sido así, desde mucho antes de que se inventaran la televisión y los meteorólogos, y entonces, sólo entonces, el verano habrá terminado del todo, por encima de la opinión de los espejos, de la nostalgia del mar y de ciertas noches largas y ruidosas, y hasta de cualquier rebrote inesperado de calor fuera de plazo.

El otoño comenzará de verdad una mañana cualquiera, cuando vaya al mercado pensando en otra cosa, y después de saludar al carnicero y pedirle los filetes con los que ya contaba, me encuentre diciéndome a mí misma que sí, que por qué no, que ya va siendo tiempo. Medio kilo de morcillo, una punta de jamón y dos huesos, uno de caña y otro de rodilla ahora que las vacas han recuperado la cordura, no pesan mucho, y dejan sitio para un cuarto de puerros, otro de zanahorias, un par de cebollas, unas ramas de apio y un nabo. Así, en una simple bolsa de plástico, el otoño volverá a la ciudad, y yo a mi casa. Del mercado hasta el portal, el aire me arrullará con una nana dulce, antigua, y nada podrá ya sorprenderme. Unas horas más tarde, el primer caldo de la temporada nos habrá puesto a las dos, a mí y a la ciudad, en nuestro sitio.

La paz del lunes

Es lunes, el día más desprestigiado de cualquier semana. El mercado está tranquilo, como un convaleciente aplazado que se recuperara con pereza a sí mismo del barullo y las prisas del sábado. Hay poca gente en los pasillos, ninguna estudiando la oferta de la pescadería, y los tenderos se mueven despacio, escogiendo y colocando la mercancía con manos lentas, cansadas. Yo espero mi turno frente a uno de los escasos puestos animados, la charcutería, donde la clientela tampoco alcanza para formar una verdadera cola. Enfrente de la vitrina, una señora va pidiendo de cien gramos en cien gramos. A su lado hay un señor mayor, delgado pero tieso, con un aspecto fuerte, saludable.

—Estos lunes ya no son como los de antes, ¿verdad? —dice, y no sé si me habla a mí, pero cuando me vuelvo comprendo que no le queda más remedio que hacerlo, porque detrás de mí no hay nadie.

Mientras la señora que nos está haciendo esperar decide rebajar el volumen de sus exigencias para pedir sólo cincuenta gramos de chorizo de Pamplona, asiento con la cabeza sin comprender a qué se refiere exactamente. Los lunes son por naturaleza los días más iguales entre sí, me digo, cediendo sin resistencia a la tentación de definir. Los lunes son tristes, grises, monótonos como la rutina, como las obligaciones, como el sonido de los despertadores y las aulas de los colegios. Pero él no piensa como yo, porque enseguida vuelve a la carga.

—No hay más que ver este pasillo, al pescadero de ahí al lado, tan achantado y tan formal él, con las que liaba antes, y al de las aceitunas de enfrente, que como ya no tiene con quién discutir... Fíjese, fíjese. Todo el mundo callado, serio, tranquilo. En fin, que esto parece un entierro de tercera.

—¿Sí? —me atrevo ya a preguntar, sin tener todavía ni idea de las razones que sustentan un argumento tan pintoresco.

—Desde luego. Yo voy a dejar de venir al mercado los lunes, no le digo más.

La señora que come de todo, pero como un pajarito —expresión que ella misma acaba de utilizar para excusarse por el goteo de gramos que nos tiene clavados en el pasillo, pendientes de la morosa prolijidad de sus pedidos—, intenta averiguar cuántas monedas de color cobre le hacen falta para reunir los setenta y nueve céntimos que todavía tiene que pagar. Esto va para largo, pienso, y en ese momento, como si me hubiera oído, mi espontáneo interlocutor se dirige al charcutero para despejar el misterio y convertir de paso su difícil monólogo en una auténtica conversación.

—Total, que a ver si tu equipo vuelve a Primera, macho, porque esto no hay quien lo aguante.

Entonces me echo a reír, y comprendo que tiene razón, que los lunes ya no son como antes.

—¿Usted también es del Atleti? —le pregunto, recordando con precisión las bromas y los desafíos, los chistes y las apuestas que cruzaban antes el pasillo en todas las direcciones, haciendo de los lunes días irónicos, vivos y ruidosos.

—¿Yo? —me dice, volviéndose para mirarme—. ¿Qué voy a ser? A mí el fútbol no me gusta. Ahora que si tuviera que elegir, me haría del Barça.

—¿Es usted catalán? —pregunta sorprendida la señora, perdiendo fatalmente la cuenta de los cincuenta y siete céntimos que había logrado apartar en su mano izquierda.

—No, señora. Soy de Legazpi —y se estira las solapas de la chaqueta con las dos manos a la vez en un movimiento tajante, enérgico—. Pero yo, con tal de molestar...

Manuel Delgado, el estupendo antropólogo barcelonés con quien tuve la suerte de coincidir muchas tardes en *La radio de Julia*, un programa que echo de menos tanto como los oyentes que me lo recuerdan cada dos por tres, después de tantos años, afirmó una tarde que un factor nada despreciable a la hora de asegurar la cohesión de España y su futuro como nación era la Liga de Fútbol de Primera División. ¿Para qué quiero yo que el Barça le gane la Liga al Lleida?, dijo entonces; yo lo que quiero es que juegue con el Madrid, y que le gane la Liga al Madrid. En la paz sepulcral de este mercado, mientras los atléticos no abren la boca para que nadie les recuerde su infamante —y espero que muy transitoria— condición, y los madridistas tampoco, para no rebajarse a discutir en público con aficionados de Segunda, vuelvo a asombrarme de lo que la naturaleza emocional del fútbol puede llegar a dar de sí, y le recuerdo.

Los brazos de Calipso

Para entrar como aprendiza de algún oficio, no nos vamos a engañar, ya estoy mayor. Mis años me pesan más que nunca cuando contemplo las manos del carnicero, que descuartiza media res en un periquete y piezas tan limpias como las que aparecen dibujadas en el cartel que cuelga de la pared, sin prestar demasiada atención a la sonámbula destreza de sus dedos mientras da conversación a las clientas. No sé cuánto tiempo tardó en aprender, pero sospecho que yo me rebanaría la yema del pulgar mucho antes de lograr filetes tan finos como los que le pido para empanar. El pescado, aun sangriento y frío como la carne, parece prometerme un porvenir más asequible y, al fin y al cabo, siempre me ha fascinado el rascador de metal que levanta una tormenta de escamas transparentes al bailar sobre los lomos de un salmón o de una merluza. Pero también hay que aprender a usarlo, y a convertir una pescadilla entera, con su cabeza, y su raspa, y sus tripas, en una inmaculada hilera de pedazos iguales, sin piel y sin espinas. Me temo que también he llegado demasiado tarde al pescado, y pienso en una pollería. Entonces, alguien pide a mi lado media docena de pechugas abiertas, y el cuchillo de la dificultad y del oficio entra de nuevo en acción. Las yemas de mis pulgares me persuaden de que piense en otra cosa.

Mejor una frutería, pasar los días entre el perfume de las manzanas y el de las naranjas, comprobar que fuera del mercado sigue existiendo el mundo al levantar cada mañana toda una pirámide de frutas distintas, verduras que aún conservan un poco de tierra entre las hojas. Cuando casi estoy decidida, paso de largo el puesto de los congelados y me digo, pues mira, esto también parece fácil, así que debe de estar a mi alcance... Enseguida descubro que me he dejado arrastrar demasiado pronto por la desesperanza, porque existen las panaderías, y las mercerías, y las bollerías, las bodegas y los puestos de flores. Cualquiera de esos oficios me gustaría. Recibir las barras de pan todavía calientes, todavía capaces de crujir entre mis dedos. O gobernar un inmenso universo de cajitas llenas de botones, y cremalleras, y coderas, y horquillas, y cintas de colores. O despachar turrón en Navidad y helados en verano, magdalenas y rosquillas todo el año, vistiendo una bata blanca y armada con unas pinzas, tan consoladoramente fáciles de manejar. O vender botellas y probar su contenido a hurtadillas, un vaso siempre lleno a medias debajo del mostrador. O mirarlo todo tras el biombo multicolor de docenas de gladiolos y rosas recién cortadas, entre plantas florecidas y por florecer.

Mientras paseo por el mercado, voy saludando a los tenderos y me pregunto si me darían trabajo. Sé que podría encontrar algo mejor, recepcionista en un hotel, quizás, porque hablo cuatro idiomas, o dependienta en una librería de moda, donde podría dedicarme a vender apresurados ensayos sociológicos de encargo, clásicos muy malditos, obras de investigación periodística y guías para navegar por Internet, pero preferiría quedarme aquí, en este lugar desde el que todavía me atrevo a mirar el mundo para contarlo. Y siempre puedo consultar, antes de decidirme, con el comité de empresa de Sintel, a ver qué me recomiendan ellos, que son los que saben más de esto. Porque ahora que todos los sabios que frecuentan las universidades de verano de este país me han dejado sin oficio, algo que tendré que hacer con mi vida. Si la novela se ha muerto, sólo existen dos futuros posibles para los novelistas, o apuntarse al paro o escribir de encargo. Y yo, que durante muchos años tuve que ganarme la vida con encargos que luego publicaba sin firmar, no estoy dispuesta a entregarme sin resistencia a los arteros y modernísimos brazos de la no-ficción. Para eso, prefiero seguir en los brazos de Calipso, en el palacio submarino donde ella me confinó, junto con Ulises, cuando tenía entre siete y ocho años. Y seguir leyendo viejas novelas, siempre de noche, con las persianas bajadas para que nadie me vea, y seguir escribiéndolas aunque ya nadie las lea, y guardarlas en un cajón hasta que un día, cuando me muera, todos los vecinos de este barrio comenten en los pasillos del mercado las cosas tan raras que tenía en su casa la florista aquella que empezó tan mayor en el oficio.

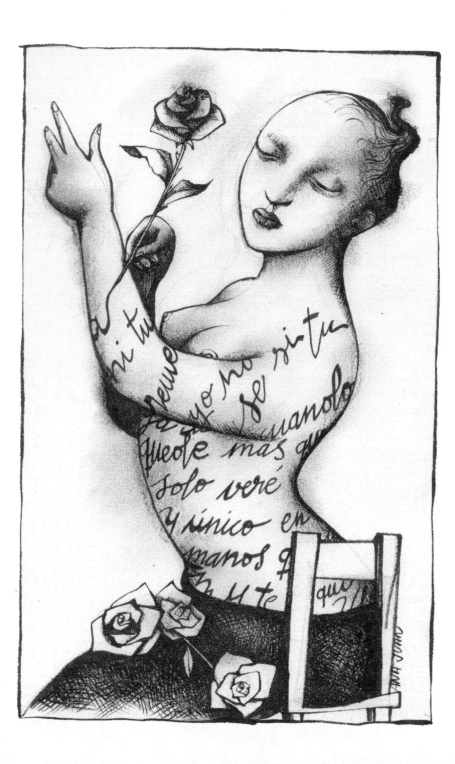

Por un coche de juguete

Hace sólo un mes daba gusto verlo. Los cartones impresos a todo color rebosaban los expositores del quiosco para desplegarse sobre la acera como las tropas del más disciplinado y marcial de los ejércitos. Allí estaba todo, junto y además revuelto, lo razonable y lo inverosímil, cursos de alemán y dedales de colección —pero ¿quién ha coleccionado jamás dedales?, me pregunté al ver la primera entrega—, obras maestras de la literatura universal y miniaturas históricas en plata —y ya ni siquiera me molesté en preguntarme quién ha coleccionado jamás...—, recetarios de comida sana y las armas más mortíferas del siglo xx. «Hay gente *pa tó*», reflexionó un buen día en voz alta el torero Rafael El Gallo, cuando preguntó a qué se dedicaba ese señor calvo tan amable que le estaba dando conversación, y le respondieron que se llamaba Ortega y Gasset y era filósofo. Eso mismo pienso yo cuando estudio la oferta de los primeros quioscos de septiembre, y me pregunto qué misteriosos candiles alumbrarán los privilegiados cráneos que habitan los despachos de ciertos grupos editoriales, y nada ni nadie me responde. Pero la incomprensión no impide que me detenga ante cada quiosco, en virtud de un resorte parecido al que me inmovilizaba de niña frente a los escaparates de las jugueterías, repletos de juguetes que me atraían aunque nunca jamás se me fuera a ocurrir pedírselos a los Reyes Magos. Y por eso, porque el despliegue de cartones de colores me fascina sin que pueda explicarme por qué, ahora es cuando empiezo a disfrutarlo de verdad, aunque hace un mes sí que diera gusto verlo.

—Buenos días... —la señora, cincuenta y tantos, recién salida de la peluquería, un carrito de la compra vacío y el aire muy resuelto, busca y busca pero no acaba de encontrar—. Los coches esos pequeñitos... No los veo. ¿Es que ya no salen?

—Sí —el quiosquero se revuelve en el mínimo espacio de sus dominios y saca de alguna parte un cartón impreso a todo color, con un cochecito de juguete—. Pero sólo pido los que me encargan, porque a partir del número cinco, o del seis, ya se sabe...

—Bueno, pues démelo y deme también mis cajitas de porcelana...

—Pero... —el quiosquero se la queda mirando con las cejas fruncidas, los ojos muy abiertos—. Si usted no... Usted no hace lo de los cochecitos.

—¡Ah! ¿Pero no vino mi hijo a decírselo? —él frunce las cejas un poco más, ella insiste—. Mi hijo Miguel, el mayor... Ése los colecciona.

—Pues yo no sé nada. Lo que sí tengo aquí es lo de sus cajitas...

El pobre hombre se esconde del todo esta vez, quizás para ahorrarse la expresión de contrariedad de su clienta, quizás porque le cuesta trabajo dar con el cartón que saca al fin, después de un rato.

—Tome —y se lo alarga con una expresión triunfal que se ve inmediata y lamentablemente truncada por una queja que aflauta la voz de la perjudicada.

—¡Pero si éstas no son las mías!

—¿No? —por supuesto que no, él lo sabe y yo, que hago como que hojeo una obra maestra de la literatura universal para no perder ripio, me he dado cuenta ya.

—¡Claro que no! —y la flauta se convierte en pito—. Yo colecciono las otras, que son mucho mejores, más bonitas, adónde va a parar...

—No crea... —el quiosquero se defiende con poca convicción—. A mí me gustan más éstas.

—Pero a mí no.

—Ya, pero... El caso es que creo que le di la suya a la señora de González.

—¡Pues que me la devuelva!

Me da tiempo a cambiar a Steinbeck por Vallejo, y a Vallejo por Tolstoi, y a Tolstoi por Thackeray mientras la crisis del quiosco crece y se diversifica a toda velocidad, porque ahora resulta que la cuñada de la señora colecciona unos huevos de Fabergé en miniatura que esta semana no han salido, y el vecino de abajo le ha encargado un soldadito de plomo del que no se sabe nada.

—¿Y usted qué quiere? —en lo mejor, el quiosquero me interpela con una brusquedad que no deja de ser comprensible en su situación.

—¿Yo? —cierro el libro de Galdós que tengo entre las manos con la intención de dejarlo en su sitio pero al final lo pongo encima de Ibsen, por hacer patria galdosiana y española a la vez, el único país del que jamás se exilió Luis Cernuda—. Nada.

—Bueno, y los cochecitos ¿me los da, o no? —escucho mientras me alejo.

—No, señora. No puedo.

—Pues sí que estamos bien...

La reina desnuda

Octubre se acomoda en la estrecha frontera que separa la placidez de la monotonía. Es un mes templado, y por lo tanto ambiguo, equidistante del estruendoso crujir de celofanes de septiembre, cuando tantas cosas simulan empezar de nuevo y pocas empiezan de verdad, y de la blancura irreprochable de las madrugadas de noviembre, ese mes traidor que instala el invierno en el supuesto corazón del otoño. En octubre no hace ni frío ni calor, o peor aún, a veces hace frío, y a veces calor, y a veces, unos ratos frío y otros calor en el mismo día. Pero esa condición de la incertidumbre que es el desasosiego no se limita a la temperatura, ni al indeciso color del cielo. Tiene que ver también con el tiempo, con la repentina pasividad de unas horas que se hacen eternas porque no parecen pertenecer a nada ni a nadie. Hasta para los más perezosos, o los más astutos, esos que culminan sin aparente esfuerzo la proeza de viajar por el mundo sin facturar jamás el equipaje, volver a casa, a la imperturbable rutina del trabajo, supone un desafío directo, frontal. Hasta ellos tienen que llenar la despensa, abrir las cartas del banco, recoger los mensajes del contestador, abandonarse a ese paradójico y purísimo impulso masoquista que se abre paso desde lo más hondo de la conciencia para obligarnos a ordenar inmediatamente los libros, o los discos, o los armarios, o a cambiar todos los muebles de sitio cuando las maletas ya están vacías y la lavadora en marcha, como si la única solución para eliminar el cansancio fuera cansarse de más, como si volver a casa, después de un mes de vacaciones, implicara asumir el saldo de una larga lista de deudas con la realidad.

Satisfecha o no, lo cierto es que la realidad, ese horizonte compacto y neutro que nos contiene, dejándonos creer de vez en cuando que es al revés, para que no desesperemos antes de tiempo, reina desnuda sobre el mes de octubre. Durante septiembre se ha ido quitando, uno por uno, todos los velos: las existencias de la nevera, la campaña de orden y limpieza, las citas con esos pocos amigos a los que se echa tanto de menos que parece imposible que haya pasado solamente un mes desde que les vimos por última vez, la infinidad de pequeñas gestiones relacionadas con la vuelta al colegio de los niños, el primer fascículo o entrega que se haya acertado a escoger entre las siete mil quinientas posibilidades que desparraman los quioscos sobre las aceras, y hasta las ofertas de las tiendas que venden ropa de invierno mientras todavía hace calor, a un precio teóricamente inferior al que alcanzará cuando empiece a hacer falta. Quien más y quien menos, ha cumplido ya, a estas alturas, todas las etapas de un proceso que resulta agotador, pero capaz al mismo tiempo de llenar la agenda mental de cada día con una multitud de pequeñas, y sólo relativamente postergables, obligaciones. Así pasa septiembre, un mes que parece cruel para todos, y es sin embargo compasivo con todas las personas que no son felices.

Hace ya años que lo descubrí. Octubre, con su apacible envoltorio amarillento, la matizada lentitud de sus atardeceres, su color de fotografía antigua, su prestigio templado y razonable, es el mes más feroz, el enemigo, porque es el verdadero hogar de la realidad, la casa por cuyos pasillos le gusta caminar desnuda. Es un tiempo sin pretextos, sin misiones, sin excusas, tan limpio y tan terrible como un espejo. En él se mira esa chica tan joven con la que me cruzo por la calle y que parece mayor, porque se aburre. Y los ancianos que se sientan a tomar el sol en un banco y son siempre los mismos, y hoy abultan menos, sin embargo. Veo señoras mayores con cara de haber visto partir esa misma mañana al último de sus hijos, y a hombres y mujeres de todas las edades con el aspecto de quien acaba de dejar de fumar. Y sin embargo, noviembre no está ya tan lejos. Mientras suenan en la calle más bocinas que en cualquier otro mes del año, porque hasta algunos coches se soportan difícilmente a sí mismos cuando no tienen otra cosa que hacer que esperar a que cambie la luz de los semáforos, me cruzo con un recadero que sale del mercado empujando un carro abarrotado de cajas de verdura y me fijo en su sonrisa inmaculada, tan pura, tan plena como la pirueta de un trapecista que vuela en el aire.

Chistes de amor

Era extremadamente delgada, descarnada más bien, blanca y roja. Blanco era su pelo, la melena desgreñada que sujetaba en verano con horquillas infantiles sobre sus sienes y escapaba en invierno de una boina que nunca lograba retener los dos mechones lacios que enmarcaban su rostro, largo, agudo, de loca canónica y antigua. Blanca era su piel, y más sobre la cara, empastada de polvos de arroz que proyectaban un velo de harina sucia, caducada, sobre un sinfín de arrugas paralelas y profundas como zarpazos. Blanca era la gabardina que llevaba siempre, lloviera o no, aunque hiciera un frío pelón, una gabardina blanca anudada en su cintura brevísima de mujer consumida y un vaporoso toque de color, un pañuelo de gasa, una bufanda, un foulard, ocultando con su raído glamour el reseco despeñadero de su cuello. El rojo era más escueto, pero muy intenso, rojo rojísimo, abrumador, desafiante, obsceno, que se tornaba casi cómico alrededor de sus labios, temible en sus uñas curvas y afiladas. Tenía mal pulso, y se pintaba la boca en la mitad de la cara, con trazos gruesos, inseguros, que rozaban la base de su nariz y se desbordaban hasta la mitad de la barbilla, para engordar sus labios finos, sumidos y arrugados, en la mueca de un payaso deshauciado. Sus manos, sin embargo, eran un pellejo sin carne dentro, sólo un desorden de venas abultadas entrecruzándose por los andamios de los huesos, y diez uñas inofensivas, pero atroces, sosteniendo la baraja de sobres sucios, grisáceos de puro sobados, con los que fingía intentar ganarse la vida.

No sé dónde vivía, pero debíamos ser vecinas, porque me crucé con ella muchas, muchísimas veces. De pequeña me daba miedo, y me pegaba al abrigo de mi madre cuando pasábamos a su lado por la acera de la calle Fuencarral, casi siempre dos veces, porque ella apenas se movía del sitio y arrastraba su extraño pregón por dos manzanas, tres a lo sumo, ante las fachadas de los cines, el Bilbao, el Roxy, el Paz, el Fuencarral, el Proyecciones. En los sesenta vendía chistes de amor a cinco duros. Luego, cuando ya iba al cine sola, con mis amigos, empecé a apreciar su presencia como la sombra de una nodriza vieja e inservible, una especie de reconfortante deidad tutelar. Estaba allí, siempre estaba allí, en el mismo sitio, y anunciaba su mercancía con la misma voz fina y chillona, a la que intentaba dar cierta profundidad alargando desmesuradamente la última sílaba, chistes de amooorrr, chistes de amooorrr por diez duros. En los setenta me incorporé a su clientela, para descubrir que dentro de los sobres había un pedacito de papel cuadriculado, muy bien doblado, y una caligrafía picuda, deformada por el temblor de sus dedos, de la que apenas logré descifrar nunca una palabra o dos. En los ochenta la seguí viendo. Había subido el precio a veinte duros y sin embargo sus ingresos no le alcanzaban ya para comprar sobres, y ofrecía los papelitos sueltos, tan cuadriculados y tan bien doblados como siempre. En algún momento, sin darme ni cuenta, ya no la vi más, y sin embargo, si cierro los ojos puedo verla ahora, distingo su cara, su pelo, sus colores, y escucho su voz, aquella oferta impúdica y descabellada por la que nunca le pagamos un precio suficiente.

Y no soy la única. Hace poco más de un mes la volví a ver. Estaba sola en casa, tenía una noche tonta, no me apetecía hacer nada, encendí la televisión, me puse a zapear, y al rato me enganché a una comedia española sólo porque, al escucharlos, me dije que ya conocía a los personajes. Como pillé la película empezada, no me enteré del título, ni del nombre del director, pero tenía una noche tonta, conocía de toda la vida a los personajes, y por eso la vi hasta el final. Y allí me la encontré. Julieta Serrano, con una gabardina blanca, una boina, la boca muy pintada, ofrecía chistes de amor a veinte duros. ¿Son divertidos?, le preguntaba Marta Belaústegui sacando el monedero del bolso. Son de amor, contestaba ella, ¿cómo quieres que sean divertidos? Y a mí se me saltaron las lágrimas al recordar a aquella mujer sin apellidos, el árbol más firme del paisaje de mi infancia, rescatada para unos pocos espectadores afortunados de la desmemoria de esta ciudad, donde nos siguen faltando tantos nombres, tantos recuerdos, tantos reconocimientos de las inmensas deudas que nunca podremos llegar a saldar, mientras va logrando la insólita proeza de empezar a ser asquerosamente autocomplaciente sin dejar de ser tan hostil para sí misma como siempre.

Los pioneros del carrito

Algunas mujeres corren por los pasillos del mercado como si hacer la compra fuera una prueba de velocidad en un concurso televisivo, sacándose del bolsillo cada dos por tres un pañuelo arrugado con el que simulan enjugar el sudor que no empapa su frente. Son ellas quienes más atención prestan a los ejemplares del sexo opuesto, aunque sus motivos difieran estrepitosamente de los que suelen inspirar un interés semejante en las hembras de la especie. Pero ya no es tan fácil como antes. Los hombres que van al mercado se mantienen firmes, erguidos, inasequibles a la media sonrisa de las depredadoras, una mueca esquinada y artera a la que sólo le falta un destello de luz encima del colmillo para completar una imagen de la perversidad digna de cualquier lobo feroz en un dibujo animado. A ellos ya no les da vergüenza ocuparse de la despensa, y por eso han abandonado en bloque aquel inocente y obligado preámbulo en el que no hace tanto tiempo solían embozar sus verdaderas intenciones, *mi mujer me ha dicho que...* Ahora, en cambio, no sólo hay cada vez más hombres que presumen de saber cocinar, sino que no son tan raros los que saben distinguir de un vistazo la babilla de la tapa, o leer el grado de frescura en el color de las agallas de un besugo. Pero incluso los que aceptan de buena gana las sugerencias que provienen del otro lado del mostrador, se arman de argumentos hasta los dientes cuando la abusadora de turno empieza a tamborilear con los dedos encima del cristal, mirando el reloj con una improvisada expresión de angustia que intensifica con resoplidos rítmicos, sonoros, hasta que encuentra un hueco estratégico entre dos clientes.

—Luisito, hijo, mira a ver si me puedes poner un cuarto de jamón de York, que tengo muchísima prisa, anda, guapo... —así empieza, tratando de achantar a sus víctimas con el diminutivo, y esos apelativos cariñosos destinados a difundir la privilegiada intimidad que comparte con el propietario del puesto.

—Señora, que estoy yo antes —el presunto damnificado manifiesta su absoluta disconformidad con los cálculos implícitos en el discurso de la recién llegada mientras agita en el aire un papelito con un número impreso.

—Sí, joven, pero es que yo tengo muchísima prisa, de verdad, si no le importa, sólo quiero tres o cuatro cositas, y llevo una mañana horrorosa, no se lo puede figurar, si usted supiera...

—Pues anda que si yo me pusiera a contarle mi vida... Y tengo el 78, señora, así que voy delante de usted, lo siento mucho.

La implorante mirada que la poseedora del número 83 lanza a su alrededor se estrella contra un muro de radical incomprensión y alguna que otra sonrisa burlona, muda, y, sin embargo, capaz de transmitir con eficacia el completo mensaje de su respectiva propietaria, *a mí ya sabes que no me la das, así que, tú misma...*

Por último, la frustrada aspirante a los favores del charcutero frunce el morro en una aparatosa mueca de desprecio que la descalificaría como víctima ante cualquier tribunal, y se aguanta con su papelito hasta que le toca, calculando en qué cola podrá encontrar un niño con el que resarcirse de semejante fracaso. Pero, afortunadamente, los niños tampoco se dejan ya avasallar como antes.

Me gustan mucho estas escenas, el arrojo de los pioneros del carrito contra la fraudulenta representación de la dolorosa del día. Cuando me levanto de buen humor, pienso que la pequeña guerra de sexos de la cola de la charcutería puede ser un indicio de que los hombres por fin han comprendido —aunque haya tenido que ser a la fuerza— que su cesión de espacios públicos a las mujeres puede reportarles la ventaja de descubrir que el espacio privado alberga áreas muy gratificantes. Claro que a mí me gusta mucho cocinar y, como a todos los cocineros, me divierte hacer la compra. Por eso, si amanece un día nublado y no estoy para metáforas, me limito a disfrutar del forcejeo entre el número 78 y el 83 como de cualquier otra sorprendente excepción que la vida cotidiana sea capaz de ofrecerme, aunque reconozco que me regocija infinitamente más que el mejor de los músicos callejeros.

El color del luto

La noticia corrió por las aceras como una mecha humilde de granitos de pólvora, y alcanzó los pasillos y las conversaciones del mercado antes de que yo atravesara el umbral. Y sin embargo ya lo sabía. A las siete y media de la mañana, entre los diagnósticos de diversos atascos, las consabidas tremolinas municipales y las ofertas de las cadenas de supermercados que despiertan informativamente a la ciudad, había escuchado por la radio un suceso conocido y un nombre desconocido. Me llamaron la atención dos coincidencias. En primer lugar, el hecho en sí, porque en muy poco tiempo se había repetido con una frecuencia rítmica y macabra en barrios diferentes, incluso distantes entre sí. En segundo lugar, la dirección, porque la anciana a la que un equipo de emergencias encontró en la bañera, muerta desde hacía más de una semana, después de que los bomberos derribaran la puerta de su casa, vivía en la misma calle, en la misma manzana que yo.

Seguramente la conocía de vista, pero no logré identificarla, emparejarla con la imagen de una anciana concreta, esas borrosas siluetas siempre envueltas en un abrigo de paño negro que recorren las aceras con pasos cortos, vacilantes, el pelo blanco, a veces matizado con un fantasmagórico reflejo de tonos malva, las piernas gruesas y torpes como columnas quebradas, insuficientes, abrumadas por el peso del cuerpo que sostienen. Seguramente la conocía de vista, porque todo el mundo en el mercado parecía conocerla, y se quitaban la palabra los unos a los otros para añadir algún dato nuevo, otro detalle, el penúltimo motivo para lamentar su ausencia. Era muy buena mujer, escuché aquella mañana, sí, pobrecilla, estaba ya muy mayor, sí, todos estaban de acuerdo en eso, es ley de vida, claro, a todos nos va a llegar, qué pena, ¿no?, sí, qué pena... Las declaraciones de condolencia, de pesar sincero por el final de aquella mujer que había muerto sola, sin el consuelo de una voz, de una sombra, nadie a quien ella quisiera, nadie que a su vez la hubiera querido, se impusieron sin dificultad a la crónica de la agilidad del Samur —cuántos venían en la ambulancia, qué hicieron, qué dijeron, de qué color iban vestidos, cómo se organizaron, si la bajaron o no en una camilla, si activaron o no la sirena antes de llegar, si hablaron o no con el portero—, que suele ser el tema estelar de los sucesos más o menos luctuosos que suceden en este o en cualquier otro barrio.

Al día siguiente, el sesgo de la compasión ya había cambiado. Esa señora a la que encontraron muerta ayer..., tenía hijos, ¿no? Sí, dos, yo los conozco desde pequeños, un chico y una chica, ella no vive aquí, estaba en Alicante, creo... ¿Y él? Él sí. ¿Y no se ocupaba de su madre...? Los puntos suspensivos se estrellaron contra los fluorescentes del techo, serpentearon entre nuestros pies hasta enredarlos en un incómodo laberinto imaginario, simularon crecer, hacerse sólidos en el aire que la curiosa masticaba. ¿No se ocupaba de su madre?, repitió, y todavía nadie quiso contestar. Pobrecilla, dijo al rato una anciana que había permanecido callada hasta entonces, pobrecilla. El tono sabio, severo, hermético, más propio de una vieja sibila que de una clienta que lleva un cuarto de hora esperando turno para comprar cien gramos de jamón de York, que impregnó su voz, bastó para arruinar en un instante los ánimos de la improvisada polemista, que ni siquiera rechistó cuando su contrincante volvió a la carga. No sabemos lo que pasa dentro de las casas, de las familias, murmuró como para sí misma, aunque ya hubiera ganado la batalla, no podemos saberlo. Algunas cabezas se movieron para darle una razón que no pedía, como si todas las razones le sobraran, pero ella no quiso añadir nada más.

Han pasado ya más de tres semanas, casi un mes, desde aquel día. Ahora sé que aquella mujer que murió tan sola nunca fue una pobrecilla, ni una buena persona. Un mal bicho, llegué a escuchar incluso en la cola de la panadería. Un mal bicho. Y, aunque no se lo crean, en aquel momento respiré aliviada.

El inquilino de la tercera ventana

La primera vez que le vi era solamente un bulto a rayas. El local nunca había tenido esa clase de ventanales, grandes y altos, con un alféizar tan profundo que, si no estuviera casi a ras del suelo, serviría cómodamente de asiento a las personas que vuelven del mercado con más peso en cada mano que fuerza en las dos piernas. Pero el nuevo propietario de la tienda, donde se sigue vendiendo ropa, como antes, como siempre, escogió este sistema en lugar de los escaparates tradicionales, sin sospechar seguramente las consecuencias que un diseño tan hospitalario podría provocar en un futuro inmediato. Quizás tardó algún tiempo en descubrirlo, porque al principio era solamente un bulto a rayas, una mancha de franjas marrones, blancas y amarillas encajada en un alféizar, tan inmóvil, tan informe que sólo la experiencia de lo que significa una manta en plena calle llegaba a sugerir la presencia de un ser humano sobre aquella lisa superficie de granito recién pulido. Nunca he conocido a un indigente tan discreto, tan púdico como era él entonces. Aunque pasaba a su lado todos los días, y casi siempre más de una vez, tardé semanas en lograr verle la cara. Supongo que cada mañana, al despertar, camuflado bajo las rayas de colores, acechaba el momento oportuno para levantarse y esfumarse sin testigos, o con los menos posibles en una calle tan concurrida como la que acababa de elegir para establecer su nuevo domicilio. La manta parecía desaparecer con él, pero una mañana me di cuenta de que la escondía debajo del coche que estuviera aparcado justo enfrente de su ventana favorita, bien embutida en uno de esos enormes sacos de plástico verde que se usan en los contenedores comunitarios de basura.

No puedo reconstruir las fechas con exactitud, pero todo esto ocurrió antes del verano. Cuando volví a casa, en septiembre, la situación había cambiado tan radicalmente que, si no fuera por el aspecto y los colores de la manta, no habría estado segura de que se tratara de la misma persona. Al distinguir a la distancia de dos manzanas una mancha vertical y oscura en la ventana de siempre, identifiqué a un hombre de raza y edad inciertas. Mientras pasaba a su lado, le miré de reojo y le encontré muy tranquilo, fumando, sentado, con las piernas cruzadas, pero no fui capaz de despejar ninguna de esas dos incógnitas. Ahora sé que, a pesar del inefable tono de la piel de su rostro, de sus manos, donde el bronceado forzoso de los sin techo se confunde con una costra de mugre tan espesa que parece casi maquillaje, es un hombre blanco, o al menos del color que en este país consideramos propio de la raza blanca, pero sigo siendo incapaz de calcular su edad. Puede tener veintiocho y puede tener cincuenta, o treinta y tres, o cuarenta y cinco, no lo sé. Sé en cambio que es español, porque hace un par de semanas, cuando pasé a su lado, me dio los buenos días con un acento rotundamente nacional. Ahora nos saludamos todas las mañanas, y en ese momento experimento siempre un deseo súbito, casi una necesidad, de saber quién es, cómo ha sido su vida, en qué lugares ha vivido, a qué familia perteneció una vez, por qué camino ha desembocado en la ventana de esta tienda de ropa donde se encuentra ya tan bien instalado como si pagara un alquiler por ella. Intento imaginarle de niño, adivinar qué respondía cuando algún adulto le preguntaba qué quería ser de mayor, cuando no abultaba más que los dos niños que el otro día me adelantaron a toda prisa, cargados con sus mochilas, mientras yo llevaba a mi hija al colegio y ellos intentaban llegar al suyo a tiempo. La premura no impidió, sin embargo, al más alto, el único que yo conozco de vista, responder cortésmente al saludo del mugriento inquilino de la tercera ventana.

—¿Le conoces? —preguntó entonces su amigo, muy alarmado.

—Sí —respondió él, sin dar mucha importancia a su afirmación.

—¿De qué?

—Pues de aquí... —e hizo un gesto vago con la mano—. Del barrio.

—Pero... —su amigo le miraba como si no se atreviera a fiarse de sus oídos—. ¿Vive aquí?

—Pues claro —mi pequeño vecino dejó escapar un resoplido de pura impaciencia—. En esa ventana, ¿o es que no lo has visto?

Cuando llegó mi turno, los niños ya habían cruzado la calle, pero el mendigo seguía sonriendo al saludarme.

Ellos

Hace algunos años, cuando vivía en la otra mitad del mismo barrio, los veía todos los días, escritos con la misma letra, el mismo rotulador negro de punta gruesa. Eran mensajes breves, compactos, seis o siete líneas de mayúsculas claras y apretadas formando bloques que, de lejos, parecían manchas cuadradas, de contornos casi perfectamente regulares. A lo largo de la calle San Bernardo, y en el tramo más próximo de sus bocacalles, me los encontraba en cualquier parte, sobre cualquier superficie lisa y susceptible de ser escrita, un buzón de correos, un contenedor para el reciclaje de vidrios, las pulidas paredes de acero de las sucursales bancarias, o los espacios en blanco de los carteles publicitarios. *Ellos lo saben todo,* solían empezar así, con aseveraciones no menos misteriosas que rotundas, *tienen micrófonos, cámaras ocultas, saben dónde vivimos, cómo nos llamamos, y a qué hora vamos a morir...* Yo los leía con una atención que me hacía sospechosa a los ojos de otros transeúntes, y a veces encontraba algún detalle más preciso en aquellos alucinados fragmentos, que se situaban a medio camino entre la lucidez de las proclamas revolucionarias y la vesania de las visiones apocalípticas. *Yo soy una víctima, yo sé, en la CIA saben que sé, la KGB sabe que yo sé, pero no tengo miedo porque es hora de despertar, tenemos que despertar y enfrentarnos a la tiranía de los micrófonos, de las cámaras, de las bóvedas de la dictadura mundial...* Lo que más me fascinaba de aquellos avisos, indicios siempre alarmantes de una catástrofe universal y secreta, era el llamativo empaque de su sintaxis, y la escrupulosa corrección ortográfica que señalaba a su anónimo autor como una persona cultivada, un individuo —hombre o mujer— que no solamente había leído sino que además sabía escribir e, incluso, adjetivar con elegancia. *Todos somos víctimas y el planeta, una inmensa mazmorra, el Banco Mundial es culpable, los micrófonos serpentean como gusanos por las paredes de nuestras casas, el mal no descansa, ellos no duermen, nosotros dormimos y ellos lo saben, y saben a qué hora vamos a morir...* Durante una temporada me mantuve alerta, intenté acostumbrarme a caminar por la acera sin perder nunca de vista los buzones, los contenedores, las fachadas de los bancos, quería verle, averiguar cómo se llamaba, dónde vivía, qué vida había vivido antes de empezar a delirar, qué camino le había conducido a la locura y a aquella espléndida manera de ordenar literariamente el caos. No tuve suerte, pero seguí leyendo, registrando pequeñas variaciones en aquella fragmentaria narración callejera y circular cuyo único personaje, autor, protagonista y narrador, daba vueltas y más vueltas alrededor de un pronombre, aquel temible *ellos,* sin llegar a ningún punto situado más allá de su propio terror. No había llegado aún, al menos, cuando me mudé de casa.

Ahora, en la otra punta del mismo barrio, con más años a

cuestas y menos fe que antes, he vuelto a recibir llamadas, advertencias, citas para un irremediable y trágico final. La primera vez que me tropecé con una de ellas, el corazón me dio un vuelco sólo de pensar que mi desconocido ángel de la guarda se hubiera mudado también, con todos sus micrófonos y sus cámaras a cuestas. Pero enseguida comprendí que el enigmático corresponsal que ronda las paredes del mercado no puede ser el mismo, porque su estrategia es diferente. Los mensajes que leo ahora también están escritos con un rotulador, pero de punta más fina y tinta a menudo roja. Su autor, o autora, no escribe directamente sobre el plástico o el metal. Usa unas etiquetas adhesivas de papel blanco, del tamaño aproximado de un naipe, como las que se utilizan para identificar la correspondencia, y le gusta colocarlas sobre los postes de las señales de tráfico y en el cuerpo tubular de las farolas. Desde allí, habla sobre todo de hospitales. *Yo lo sé, ellos saben que sé, ingresan a las personas, gente corriente, las meten en un quirófano, les hacen cosas terribles, no quieren que nadie sepa nada, borran las huellas, roban la documentación, venden los cerebros, matan a las personas...* Los quirófanos sustituyen a los micrófonos, pero el estilo es casi tan irreprochable como el del escritor de San Bernardo. Lo más misterioso, con todo, es el abrumador peso de la soledad que ambos comparten.

La realidad en primera persona

En los días laborables, los tiempos muertos encierran buenas oportunidades para pensar. En esas ocasiones, un martes al filo del mediodía o un jueves a media tarde, conviene ir al mercado con algún problema en la cabeza, para ir desmenuzándolo con calma en la imprevista cola de la carnicería o del pescado. Los sábados, el plazo de la espera aumenta, pero también se multiplica el bullicio, y con él, ciertas escenas demasiado intensas, demasiado vivas y divertidas, como para perdérselas calculando qué puede una regalarle a su padre por su cumpleaños, o a qué sistema recurrir para quitarse de encima a un personaje que al principio de la novela tenía su gracia, pero se está poniendo ya un poco pesadito. Para resolver estos enigmas, lo mejor es esperar turno con la atención relajada, anestesiada por la cámara lenta que rueda en el mercado los días laborables. Hasta que, de repente, cuando la lengua percibe ya en el filo de los dientes el inefable sabor de la solución, una voz más o menos chillona pincha por sorpresa el globo del silencio.

—¡Ay, estoy más cansada...!

La queja ha sonado tan cerca de mi oído que vuelvo la cabeza por puro instinto para encontrarme con una señora mayor a la que estoy segura de no conocer de nada, por más que hable mirándome directamente a los ojos.

—Es que esto de andar bregando todo el santo día con mis nietos me está matando, ¿sabe? —prosigue ella, y yo asiento—. Claro, como mi hija ha encontrado una colocación tan buena, y yo lo entiendo, no crea que no, si lo entiendo, pero, a ver, la pequeña con dos años, que ni va a la guardería ni nada, y el mayor, que tiene cuatro, saliendo a las tres del colegio, pues... ¡usted me contará! Es que no tengo tiempo para nada y, ya ve, a qué horas vengo a hacer la compra... —ella se da una enfática palmada en el muslo y yo vuelvo a asentir, con solidaria vehemencia—. Y no es que yo no quiera ayudar a mi hija, qué va, no vaya usted a creer, si a mí que las mujeres trabajen me parece muy bien, pero que muy bien, y ella la primera, ¿no ve que es mi hija?, por nada del mundo querría yo verla aguantar lo que han tenido que aguantar algunas de mi edad... Y mis nietos igual, si los quiero mucho a los dos, ¿no los voy a querer...? Ahora, que a ver si crecen de una vez, porque yo ya voy para los setenta, y entre la artrosis y los dichosos críos, la verdad es que estoy muerta, pero muerta, así mismo se lo digo...

Al llegar a ese punto, es el dependiente quien me mira, dibujando con los labios un sonriente signo de interrogación, y mientras le pido lo que tuviera previsto pedir, presiento que, una vez más, tendré que despedirme de mi interlocutora sin saber ni siquiera cómo se llama. Así me marché aquella vez que se me ocurrió levantar la agalla de un besugo para que un señor empezara a contarme que él era de un pueblo de Burgos y que había que ver, toda la vida soñando con jubilarse para irse a su pueblo a pescar cangrejos, y ahora que estaba jubilado por fin, no aguantaba allí ni dos días, del frío que hacía en aquel maldito pueblo; o una tarde de primavera en la que una mujer de mediana edad pasó, en una transición narrativamente admirable, de protestar por el calor a confesarme que ella, con lo que de verdad disfrutaba, era con los bailes de salón, y que tenía la casa llena de los trofeos que había ganado de jovencita.

Hay personas que cuentan su vida con la misma naturalidad con la que otros consultamos el reloj cuando llevamos prisa, o nos levantamos las solapas del abrigo para cruzar de acera en las noches de viento. Quizás Baudelaire pensaba en ellos al escribir que cualquier recién llegado tiene derecho a contar su vida al menos una vez, y quizás también sea cierto que hoy, en las grandes ciudades, la gente está más sola de lo que estuvo nunca en ninguna parte. Pero yo prefiero asignar otra condición a estas esporádicas confesiones, que me obligan a mirar de frente a la realidad que es, la que existe verdaderamente, sin aderezos virtuales, ni soportes tridimensionales, ni interpretaciones sociológicas. Una realidad que se va fabricando con retazos de las historias de esa gente que habla consigo misma mientras finge hablar con un desconocido.

Dobles parejas

Sucedió justo antes de la súbita irrupción del frío, en uno de los últimos días cálidos de noviembre. A las cinco de la tarde hacía sol, el abrigo sobraba, y yo volvía a casa contenta, en ese estado de sonrisa sostenida en el que suelen desembocar las comidas imprevistas con buenos amigos, chismorreos de calidad y vino tinto. Pero ellos estaban más contentos que yo.

En el portal de mi casa, una pareja se besaba con afán, y mucha más esperanza que desesperación. Los dos eran más bien bajos, más bien regordetes y no muy atractivos, ella morena, con el pelo corto y de peluquería, él con el pelo corto también, y casi blanco, ambos vestidos como se supone que lo hacen los ejecutivos que salen a la calle a comer deprisa en un día laborable como aquél, un traje de chaqueta verde la dama, y un traje gris, discreto pero impecable, el caballero. Ella llevaba colgado del brazo un bolso negro que se bamboleaba furiosamente, como el badajo de una campana enloquecida, mientras abrazaba a su amante, moviéndose con él, contra él, como si estuviera bailando sobre la acera, sin más música que la que sonara en su interior, sin dejar nunca de besarle. Él correspondía con entusiasmo y una técnica distinta. Sus manos recorrían el cuerpo de la mujer, lo acariciaban, lo reconocían, indagaban en un relieve que aún era capaz de sorprenderlas. Estaban tan absortos el uno en el otro que me quedé un rato mirándoles sin que se dieran cuenta. Así aprendí algunas cosas de ellos. Seguramente tenían más de cincuenta años —él, con absoluta certeza, ella no tanto—, seguramente las escenas amorosas que habían compartido aún podrían contarse con los dedos de una mano, y seguramente no eran una pareja clandestina —semejante despliegue exhibicionista a plena luz del día bastaba para descartar tal posibilidad— pero tampoco estable. También aprendí algo de mí, porque al mirarles sentí una punzada de vergüenza que nunca me habían inspirado los adolescentes que se besan en los parques, como si la intimidad que estaban compartiendo a los ojos de cualquier transeúnte fuera más rara, más consciente, más preciosa, que la que insinúan los abrazos de los novios jóvenes. Por eso les dejé solos antes de reunir elementos suficientes para aventurar si acababan de salir de la cama o si iban derechos hacia ella.

Luego, noviembre nos traicionó. El frío se apoderó de las madrugadas, los termómetros encogieron y el cielo se tiñó de ese blanco sucio y peligroso, triste y ruin, del primer invierno. Yo andaba por la calle Princesa a media mañana, el abrigo cerrado hasta el último botón, la nariz colorada, la mano precavida, firme en el puño del paraguas, cuando escuché una voz crispada, pastosa y rota al mismo tiempo, que expresaba una pasión tan intensa como los besos que me habían paralizado un par de semanas antes. Eres muy cruel conmigo y lo sabes, decía esa voz, es muy injusto que me reproches eso, es muy injusto y tú lo sabes...

En la acera, a mi lado, había otra pareja. Los dos eran altos, él altísimo, los dos eran guapos, ella mucho. Morena, con una melena corta, iba envuelta en un abrigo negro, largo hasta los pies, con las solapas anchas, vueltas y sin botones. Él tenía el pelo gris, ni castaño ni blanco del todo, una barba discreta, recortada, llevaba gafas y un abrigo oscuro, con una bufanda clara colgando de los hombros. Esbeltos, atractivos, elegantes, estaban muy cerca el uno del otro, pero no se tocaban. Ella lloraba, la pintura de los ojos corrida, un borrón húmedo de reflejos irisados cercando sus ojos, y hablaba, eres muy cruel conmigo, es muy injusto que me digas eso. Él la miraba, muy tieso, los brazos colgando a ambos lados del cuerpo, firme e inmóvil como si fuera de piedra pero con una expresión sensible en los ojos, la clásica imperturbabilidad doliente que suelen adoptar los hombres de más de cuarenta años para aguantar los chaparrones que a menudo ellos mismos han provocado, mientras sus mujeres —a mí también me fastidia, pero así es— les lloramos. No me quedé mucho tiempo mirándoles, no hacía falta. Los dos tenían más de cincuenta años, una experiencia considerable en escenas de ese tipo, eran una pareja estable —oficial o clandestina, da lo mismo— y, con toda seguridad, iban a estar juntos en una cama antes de la hora de comer, por más que aquel día también fuera laborable.

Entonces empezó a llover. Abrí el paraguas y me alejé, pensando que es muy natural que nunca quiera morirse nadie.

Romanticismo

Los ríos que no llegan al mar tienen un feo destino. Por eso, con patos o sin ellos, desde la sobria elegancia de los ojos del Puente de Toledo, desde las gradas del estadio de mi pobre equipo o desde las paredes de cristal de los invernaderos, el Manzanares nunca dejará de ser un aprendiz. Pero eso no significa que Madrid sea una ciudad sin río. Lo tiene, e inmenso, aunque no lleve agua, sólo un caudal infinito de luces de semáforo y ruidos de motores, entre dos hileras de grandes edificios que se asoman a aceras con vocación de muelles. El paseo del Prado, que luego es de Recoletos, y luego de la Castellana, y nunca más del Generalísimo, es el auténtico río de Madrid, la arteria y la frontera que une y divide la ciudad en dos mitades. De un lado está la antigua, la de los reyes y los villanos, la de los viejos pobres y los viejos ricos, la de los palacios y los frentes, la mísera y la heroica, la de mi barrio, la mía. Del otro se extiende una ciudad más uniforme, más moderna, un corazón más pálido, equidistante entre la brutal opulencia de la aristocracia y la sórdida tristeza del proletariado, el corazón burgués de esta ciudad, que late con la apacible serenidad de un metrónomo en la inmaculada y narcisista cuadrícula del barrio de Salamanca. Yo aprendí todo esto muy pronto y contra mi voluntad. Cuando tenía once años, mis padres se mudaron de mi barrio de entonces, que es mi barrio de ahora y el único que reconozco como tal, a una moderna aglomeración de torres rojizas al otro lado de la Castellana, muy cerca del aeropuerto. Desde entonces, para mí, la calle Goya fue solamente un camino, una etapa, el pasillo pretencioso y anodino que no me quedaba más remedio que recorrer para volver a casa. Pero ya nunca volverá a ser lo mismo.

Acabo de leer con mucho retraso, once meses que ahora me pesan por lo menos el doble, la última novela de Manuel Longares, *Romanticismo*. Ésta es la crónica del «cogollito», el retrato espléndido, sabio y preciso, de una forma de vida: la desarrollada por la burguesía del barrio de Salamanca —paradigma de la burguesía madrileña y hermana gemela de otras que han dejado huellas similares en barrios semejantes de otras grandes ciudades españolas— durante los años prósperos, sobre todo para ellos, del último período de la dictadura. Es la historia de su seguridad, de la soberbia inquebrantable de quienes tenían a España en sus manos, y la historia de su desconcierto, de la fragilidad de su fe, de su impotencia inicial y de su asombrosa capacidad de adaptación posterior a una realidad que no contaba con ellos. Y eso, nos guste o no, es también la historia de esta ciudad, de este país, condensada en la monotonía ociosa que ha marcado el paso por el mundo de un puñado de familias ricas e incultas, sociables e insensibles, felices en la medida en la que el dinero puede salvar de las desgracias pero de corazón tan pálido como el del barrio donde viven.

La asombrosa intuición de Longares, que acierta al recrear una cronología exhaustivamente explotada desde una perspectiva que nadie había adoptado antes, la del Madrid de los pijos y los fachas de la Transición, cuaja en una novela capaz de apasionar a cualquier lector por muchos caminos distintos, que van desde la minuciosa perfección de la atmósfera que respira en un inmenso tablero de conflictos y personajes, hasta la ironía, a veces blanda, incluso melancólica, y otras dura o capaz de inspirar situaciones desternillantes, que no cede ni siquiera a la amargura de un final largamente anunciado, y que confirma lo que uno de sus protagonistas, el plutócrata José Luis Arce, define a bulto y de oídas como el gato pardo de la pelusa, es decir, la tesis enunciada por un viejo noble siciliano en *El gatopardo* de Lampedusa: todo tiene que cambiar para que todo siga igual. Por supuesto, antes que nada, también el barrio de Salamanca, y sin embargo, los buenos libros corrigen mapas, edifican ciudades, desplazan los bordes de los océanos. Éste me ha gustado tanto que le habría dedicado un artículo incluso si la casa de Máxima Dolz no estuviera en la calle Eguilaz, a dos pasos del mercado de Barceló, e incluso si Hortensia, su íntima —pero mucho más rica— amiga de la calle Goya, no estuviera tan segura de que los mejores bartolillos de crema de Madrid son los de La Duquesita, que sigue siendo la pastelería de mi barrio. En este país donde se publican tantas novelas al año, la buena literatura está empezando a ser un regalo tan excepcional que hay que agradecerla siempre, aunque sea con retraso.

Una falda de plátanos

Madrid, año setenta y tantos. Madre e hija están en la cocina. La primera, una mujer cuya silueta encaja con una precisión casi milimétrica en el modelo femenino forjado a lo largo de la fea época que le ha tocado vivir, está guisando. La hija, una adolescente que apostaría sus dos manos a la certeza de que nunca jamás tendrá nada en común con su madre, finge aprender, dejarse adiestrar en esa química vulgar e indeseable de los ingredientes y los tiempos de cocción. La escena se desarrolla en silencio cuando, casi sin venir a cuento, a propósito de una película que las dos vieron juntas por televisión la noche anterior, la madre le cuenta a la hija que, cuando era joven, su propia madre vio bailar dos o tres veces a Josephine Baker desnuda, cubierta sólo por una falda de plátanos. Esa noticia produce tal estupor en la contrariada adolescente que, dejando caer sobre la tabla el cuchillo con el que hasta hace un instante picaba torpemente una cebolla, durante unos segundos se limita a murmurar: «No puede ser, no puede ser...». La madre sonríe, claro que sí, tu abuela me lo ha contado muchas veces. Pero ¿dónde?, pregunta la hija. Pues aquí, en un teatro, no sé en cuál... Pero ¿cuándo? Pues no sé, cuando las dos eran jóvenes, vete a saber, en los años veinte, o así... Luego, la madre termina de llenar la cazuela, pone el guiso en el fuego y se va. La hija no. Ella se queda en la cocina mucho tiempo, a solas con el redondo borboteo del agua que hierve, intentando comprender, preguntándose qué ha podido pasar en el país donde vive para que le resulte imposible creer en la historia de su propia abuela, intuyendo el enigma que muchos años después logrará formular por fin, pero nunca resolver del todo.

Madrid, año dos. Madre e hija están en la cocina. La primera, una mujer cuyas contradicciones encajan con una precisión casi milimétrica en la, pese a todo, fecunda confusión que caracteriza el modelo femenino de la intensa época que le ha tocado vivir, está cocinando. Ella no usa ya el verbo «guisar», ni obliga a su propia hija a acompañarla, pero a la niña, que es todavía muy pequeña, le gusta ver cocinar a su madre, quizás porque nota que lo hace con placer. La madre le encarga pequeñas tareas, pelar los huevos duros, tirar las mondas de las patatas a la basura, señalar las almejas que se van abriendo bajo una nube de vapor, y ella se pone muy contenta cuando escucha que lo hace todo bien. Las manos que ahora saben picar cebollas a toda velocidad siguen unidas a los brazos de la mujer que se las apostó en vano tantas veces cuando era una adolescente enfurruñada, metódicamente descontenta. Si los juramentos fueran eficaces en el neutral territorio de la realidad, las habría perdido ya, pero tal vez no las dos, quizás no del todo. Esta madre no se parece mucho a la mujer que fue su madre, pero ahora ya sabe por qué. Sabe que aquella falda de plátanos no era un espejismo, una anécdota trivial, un episodio sin importancia. Sabe que su vida se ha parecido mucho más a la vida de sus abuelas que a la de su propia madre, porque aquéllas pudieron elegir una vida, y ésta no, porque el país donde han vivido todas ellas permaneció durante muchos años, demasiados años, suspendido del cielo de la irrealidad, sin contacto alguno con la verdadera historia, los acontecimientos que se precipitaban a ras de suelo, indiferentes a la indiferencia de un país abismado en su propia pasividad. Sabe que las mujeres españolas de su generación han tenido que recorrer de golpe, de una sola vez y sin libro de instrucciones, el camino que el resto de las mujeres europeas recorrieron en dos generaciones sucesivas, y que a pesar de eso, a pesar de todo, han sido mucho más afortunadas que sus madres. Ella, que ahora es madre, mira a su hija y se pregunta cómo serán sus nietas, en qué país vivirán, hasta qué punto podrán escoger su vida y qué precio tendrán que pagar por ella. «Mamá, cuéntame cosas de la abuela», dice entonces la niña, preguntando por una mujer a la que no ha tenido la suerte de conocer. La madre recuerda a su madre con ternura, quizás porque la perdió muy pronto, tan pronto que no tuvo la ocasión de decirle que ahora ya sabía, que ya comprendía, que ya era capaz de descifrar la naturaleza de los sentimientos que las unían y las separaban. Y mientras empieza a hablar, piensa que la hija siempre podrá responder a las preguntas de sus propias hijas dejándolas leer este artículo.

La princesa de Chueca

Es una monada, una auténtica monada. Sentada en su cochecito, con el pelo negrísimo y la piel muy blanca, los ojos oscuros, grandes, rasgados, y el rubor sonrosado de todos los bebés sanos, reluce en medio del pasillo como el sol en un cielo de verano. Pero si dejo escapar un grito de alborozo al reconocer a sus padres, no es sólo por eso.

—¿Ésta es vuestra hija?

—Sí —los dos sonríen a la vez.

—¡Enhorabuena! —besos, abrazos, más sonrisas—. ¿Cuándo os la han dado?

—Hace tres meses, pero no la hemos sacado a la calle hasta ahora, porque tenía muchos problemas, ¿sabes?

Le conozco del barrio, de toda la vida. De pequeña, le compraba bolis y cuadernos a su abuela, luego a su madre, después cerraron la papelería, pero me lo seguí encontrando por la calle y además, y a temporadas, nos vemos por los bares. Le miro un momento y le vuelvo a abrazar. Está encantado, y a mí me encanta verle así.

—¿Cómo se llama?

—María. Igual que su abuela... —mira a su derecha, se corrige—. Que sus dos abuelas.

—¿Y qué tiempo tiene? ¿Seis meses?

—No. Tiene once, pero es que estos niños, pues... Estaba en un orfanato, un sitio horrible, no por la gente que trabajaba allí, que hacen lo que pueden, sino porque no tienen nada, ni personal, ni comida, ni pañales desechables, ni siquiera chupetes...

—Cuando la llevamos al pediatra la primera vez estábamos muy asustados, pero él nos dijo que a la niña no le pasaba nada, que tenía hambre, que le faltaba afecto, que no la habían cogido en brazos, que no la hablaban, ni jugaban con ella... Por eso no crecía, y lloraba todo el tiempo.

—Y ha cambiado... Bueno, no te lo puedes ni imaginar...

Pero sí me lo imagino. No soy capaz de recordar el nombre de la remota república ex soviética donde nació esta porcelana de ojos achinados, pero supongo que ese dato también da lo mismo. Hay muchos sitios así en el mundo. Demasiados. Y todos se parecen.

—Fui a buscarla con mi cuñada, ya sabes.

—Sí. Fue mi hermana. Yo no pude ir... Pero vamos a dejar de hablar de eso.

En ese momento, como si ella también estuviera de acuerdo, María empieza a llorar, y entonces sus padres la miran, se inclinan sobre ella, y empiezan a discutir como todas las parejas en esa situación, ¿se ha hecho pis?, a ver..., no, es que la has abrigado demasiado, no, no es eso, aquí no hace calor, precisamente, pues yo creo que está agobiada, debe tener sed, ¿dónde está el biberón de la manzanilla?, aquí, toma, ¿lo ves como tenía sed?, sí, pero lo que quiere es que la cojan, pues la cojo, ¡que no!, que sí, un poquito sólo...

—Desde luego, está hecha una princesa, ¿a que sí? —la frutera me mira primero a mí, luego a sus padres—, cada día más guapa, da gusto verla, de verdad... ¿Qué os pongo?

—Naranjas, pero no me las des ácidas, que son para la niña... —entonces, el padre consentidor se vuelve hacia mí—. ¿Quieres cogerla tú?

Lo intento, pero María no quiere estar conmigo. Llora, se revuelve, grita, hasta que unos brazos familiares me la arrebatan con delicadeza. Entonces, acurrucada en el pecho de su padre, coge el borde de su camisa con la mano derecha, se mete el pulgar en la boca y sus labios se curvan en esa inefable expresión de felicidad de los bebés satisfechos.

—Es que no le gustan los desconocidos, ¿sabes? —me habla con los labios rozando el pelo de su hija, besándola en la cabeza entre frase y frase—. Les tiene miedo. Yo creo que es por lo del orfanato, no se fía de nadie. Lo ha pasado muy mal, la pobre...

—Conque no había que cogerla, ¿eh?

Ellos han terminado ya de hacer la compra. Yo también. Mientras salimos juntos, pienso en María, en la imagen que tendrá de sí misma, de sus padres, de su infancia, cuando sea mayor. Entonces recordará que sus padres se querían, y que la querían, que la desearon tanto que mintieron, y engañaron, y desafiaron una legalidad injusta, y se arriesgaron a acabar en la cárcel, y cruzaron un continente entero para ir a buscarla al infierno, para sacarla de allí. Entonces entenderá por qué en su DNI aparece el nombre de su tía al lado de la palabra «madre» y también la suerte que ha tenido. Como si lo presintiera, cuando nos despedimos, en la esquina de Mejía Lequerica, la princesa de Chueca me sonríe, y me dice adiós con la manita mientras a todos se nos cae la baba.

Luego, su padre, que se llama José Ramón, le pasa un brazo por los hombros a su otro padre, que se llama Miguel, y se van los tres a casa, tan contentos.

Aunque tú no lo sepas

Un adolescente nervioso sube las escaleras de la estación de metro de Noviciado, sus peldaños de granito desgastados, hundidos en el centro por la huella de millones de pasos apresurados e inquietos. Más allá del último, la ciudad es grande, vieja, edificios inmensos con fachadas barrocas que se asoman a callejuelas adoquinadas y estrechas, tan retorcidas a veces, tan caprichosas, que habría que tirarse al suelo y contar con los dedos para averiguar dónde nace exactamente cada torre, las agujas austeras que pinchan las nubes como si fueran globos sucios, confabulados contra el azul. Él viene de otra ciudad que también se llama Madrid pero es distinta, porque allí sobra el espacio, y las casas se encalan en verano, y los niños se crían jugando en la calle hasta que son lo bastante mayores, lo bastante valientes, para apoderarse de las vías del tren, tan largas como el mundo. Él viene de otra ciudad, pero esa ciudad es ésta, y por eso aprieta los puños, levanta la barbilla, y envuelve su temor, su desconfianza, en una mirada mineral, negra y dura como un desafío.

Se llama Juan, Juanito, pero aquí nadie le va a llamar nunca por su nombre. Aquí va a ser solamente el más hortera, el más macarra, el propietario del mote más infame. No importa. Aunque todavía no lo sabe, él es también un patito feo, y algún día será cisne, triunfará sobre todos, se vengará a sí mismo, porque yo lo hice así. Mientras lo veo caminar por la calle, aturdir la serenidad de las baldosas con los tremendos tacones pandilleros de sus botas, ajustarse la chaquetilla de pana fina llena de cremalleras por todas partes antes de retocar las puntas de la melena que le asoma detrás de las orejas como si quisiera echarse a volar, llevárselo a volar por encima de los tejados, lo reconozco con un escalofrío. Ahí está, y es mi chico, el Macarrón, el más inteligente y el peor vestido, el más consciente y el peor partido, el más enamorado y el que peor lo pasa, el mejor.

La vida es un tejido de caminos de ida y vuelta, tan engañosos a veces, tan tramposos como el destino de ese pobre pato escuálido y sin pelo que lleva en sí mismo el germen de la rotunda belleza que desconoce. Vivimos, y al hacerlo sentimos que avanzamos, pero también volvemos, y creemos apoderarnos con un gesto arrogante de aquellas cosas, aquellos lugares, aquellas historias a las que pertenecemos desde siempre, el mundo del que no podemos escapar. Así ocurre con los personajes, con los escenarios y los argumentos de las novelas, de los relatos, de los artículos. Los escritores creemos crear sin darnos cuenta de que somos nosotros los creados. Yo cuento aquí, una semana sí y otra no, lo que pasa en mi calle, en mi barrio, en las inmediaciones o en el interior de ese motor formidable de la pequeña vida de todos los días que es el mercado. Miro y recuerdo, observo y archivo, rescato imágenes antiguas o elaboro las más recientes, y al escribir no advierto que no soy el origen, sino el destino de todo lo que escribo, que las calles, la gente, el barrio, me construyen a mí, y no al revés. El envoltorio de la sabiduría es la humildad, y la humildad es una virtud que se nos resiste. Y sin embargo, de vez en cuando ocurre algo que vuelve a poner las cosas en su sitio.

Ahora, mi pobre Juanito se desespera de amor en las pantallas de los cines. Ella, que no sabe aún que algún día llegará a perseguirlo por la acera, deja que una lluvia mansa, favorecedora, se doblegue a su belleza escogida de princesa de barrio. Las calles, los portales, las tiendas y los bares en los que ambos juegan una partida siempre desigual —aunque las piezas negras, y las blancas, cambien de mano antes del final— son los mismos elementos que dibujan también el tablero de esta página. Yo podría presumir de que me los he inventado si no fuera porque son ellos quienes me han inventado a mí, quienes me inventan constantemente, en cada artículo, en cada relato, en cada novela. Con esta película me pasa algo parecido. Cada vez que la veo, me resulta difícil creer que yo haya escrito el relato en el que se basa el guión antes de verlo en imágenes, escenas concretas que se confunden con mis recuerdos. Se titula *Aunque tú no lo sepas*, y me ha reconciliado con el cine.

Invierno

Otro mercado

Entre todas las enseñanzas para la vida que fui recibiendo a lo largo de mi infancia sin haber llegado a solicitarlas nunca, recuerdo dos especialmente odiosas. La primera relacionaba la prostitución con la pereza, y ésta a su vez con la limpieza de escaleras. La segunda afirmaba que los mendigos se gastaban las limosnas en vino. Según estas pintorescas instrucciones, las cosas no eran lo que parecían, y sentir compasión por esas vagas tan maquilladas que habían caído en el arroyo huyendo del olor de la lejía, o intentar paliar con unas monedas el rigor de la intemperie expresamente escogida por una manada de alcohólicos irredentos, eran sólo dos formas muy tontas de hacer el ridículo. Mi limitada experiencia del mundo me mantenía a salvo de la primera, pero no me impedía valorar la segunda. En aquella época, los pobres pedían siempre en español, y se congregaban sobre todo en las puertas de las iglesias, con la esperanza de rentabilizar la inyección de caridad que los fieles hubieran podido recibir durante la misa dominical. Entre sus benefactores, nunca faltaba alguna señora precavida que, antes de abrir el monedero, levantaba el dedo índice en el aire para reforzar la tradición con una severa advertencia, «pero no se lo gaste usted en vino, ¿eh...?»

El brusco cambio de rumbo de la autocomplacencia nacional, que ha renunciado sin grandes remordimientos a las espirituales cotas de antaño para instalarse en un descarado materialismo consumista, ha obligado a los que no tienen a cambiar de costumbres, en su incesante persecución de los que tienen de sobra. No es casualidad que las iglesias de mi barrio anden escasas de mendigos mientras las puertas del mercado congregan, a cambio, a una pequeña multitud de pedigüeños capaz de proporcionar ejemplares suficientes para elaborar un exhaustivo catálogo de la indigencia. Pobres solos y en pareja, nacionales y extranjeros, jóvenes y viejos, sanos y enfermos, mudos y sonoros, se arremolinan en un corto trecho de acera tratando de controlar el flujo de los carritos que entran vacíos y salen repletos, y el respectivo humor de sus propietarios. Cada uno tiene su especialidad, una clientela escogida en función de sus propios recursos. Los vendedores de prensa solidaria, casi siempre decorosamente vestidos, el carné plastificado y bien visible sobre el pecho, se dirigen con preferencia a las personas de orden, señoras mayores con el pelo blanco, resplandeciente de matices malvas, y jubilados de traje gris y sombrero. Las madres jóvenes, que transportan a sus hijos en un lío de telas sujeto con habilidad alrededor de la cintura, buscan a otras madres jóvenes y no piden para comer, sino para comprar pañales desechables, describiendo con irresistible minuciosidad el llanto de un bebé que lleva el mismo pañal desde hace tres días. Los extranjeros recién llegados confían en los varones de aspecto próspero que no llevan corbata y todavía se consideran jóvenes aunque ya no lo sean del todo. Los que venden pañuelos de papel van derechos a por las amas de casa. Sólo los más ancianos, invocando los tácitos privilegios de su antigüedad en el cargo, extienden su ambición en todas las direcciones.

Lo único que no ha cambiado es el viejo desprestigio de la sed. Ni la búsqueda de nuevas fórmulas capaces de dignificar el infortunio, ni la internacionalización de un problema social que ha desbordado el límite de las lacras domésticas, ni el moderno laicismo de los mendigos que ya no piden por el amor de Dios, han conseguido atenuar aquella desconfianza esencial con la que nos pertrecharon para triunfar en la vida. Nadie está nunca satisfecho con lo que tiene, todos nos sentimos con derecho a aspirar a un destino mucho mejor del que nos ha tocado y, sin embargo, cuando la desolación nos asalta de frente, mirándonos desde los ojos de un mendigo cualquiera, le adjudicamos sin dudar una absoluta y plena responsabilidad de su desgracia. Las limosnas no sirven para arreglar el mundo, pero a veces nacen de recuerdos amargos, de verdades tramposas, de turbias enseñanzas para la vida.

Una transición

Era sábado por la mañana, eso es casi lo único que recuerdo con exactitud, aunque puedo reconstruir con garantías algunos otros datos. Como, por ejemplo, que mi madre me habría obligado a acompañarla al mercado, porque yo había sobrepasado ya la edad en la que me divertía ir con ella de la mano, de puesto en puesto, preguntando por todo a cada paso. A mi madre, por motivos que nunca quiso compartir conmigo, no le gustaban los carritos, y seguía fiel a las bolsas de nailon, aquellas bolsas de cuadros pálidos cuyas asas segaban sin piedad la palma de las manos —una línea blanquecina, levemente inflamada, marcando el camino por el que la sangre no podía circular— siempre que soportaban más de un par de kilos. Ella las llenaba hasta arriba, pero ésa no era la única razón por la que ya no me gustaba ir a la compra. Mi madre estaba convencida de que su obligación era enseñarme a distinguir cuanto antes los filetes de babilla de las chuletas de aguja, y a mí, por motivos que nunca me arriesgué a compartir con ella, me irritaban sobremanera aquellos peculiares desvelos pedagógicos. Pero el caso es que era sábado por la mañana, que yo debía llevar una bolsa de nailon abarrotada de paquetes en cada mano, una raya blanca pintada en cada palma, y que el mercado estaba como siempre, como ahora, imposible de gente. En la frutería también había cola, así que nos separamos, siguiendo la estrategia de costumbre, y yo me quedé justo detrás de la señora que acababa de decirme que era la última mientras mi madre se dedicaba a pasear por delante del puesto, que hacía esquina, para estudiar la oferta de cerca tocándolo todo, como a ella le gustaba. Entonces sucedió. Noté primero la proximidad indudable de alguien, el calor de un cuerpo que se pegaba al mío por la izquierda, la inconcebible presencia de un brazo que cruzaba mi espalda para apoyar la mano en mi hombro derecho, los dedos de una mano presionando sobre ese hombro con delicadeza, la caricia de una barba sobre mi mejilla, y una voz, una voz masculina, insoportablemente masculina incluso para mis oídos de adolescente fantasiosa, que deslizaba en mi oído, y en un tono que aún no conocía, una proposición incomprensible.

—Podríamos comprar naranjas también, ¿no?

—¿Qué? —pregunté yo a mi vez, girando sobre mis talones.

Entonces me encontré con un chico que supongo ahora que sería muy joven, pero que en aquel entonces, cuando yo era poco más que una niña que había crecido demasiado, y demasiado deprisa, me pareció muy mayor, un chico barbudo, de veintitantos años, que me miraba con una expresión estrictamente dividida entre el asombro y la vergüenza.

—¡Uy! Perdona, perdona... —me decía—. Es que me he confundido, creía que eras...

En aquel momento, una chica morena, de mi estatura, de

mi tamaño, con el pelo igual de largo que yo, aunque más liso, que llevaba unos vaqueros y un jersey rojo parecidos a los míos, le cogió del brazo.

—Ha creído que eras yo —aclaró entonces, muerta de risa.

Mi madre, que había contemplado la escena desde lejos, se acercó haciendo coro a las carcajadas de aquella desconocida, una explosión a la que se acabó sumando él también con cierto azorado retraso. Yo era la única que no tenía ganas de reírme. Acababa de descubrir, por sorpresa, a traición, y desde luego antes de tiempo, el sonido de la intimidad, y aquel descubrimiento me había anonadado de tal manera que no podía hacer otra cosa que estrellarme una y otra vez contra aquel fenómeno, la capacidad de sugerencia, de complicidad, y hasta de seducción, que podía llegar a envolver la piel de unas simples naranjas de zumo. Pasarían años antes de que un hombre lograra susurrarme al oído unas palabras que me impresionaran más que aquellas.

Nunca he llegado a olvidar esta historia, pero los documentales, los programas especiales, las grabaciones sonoras con las que los medios de comunicación han querido conmemorar los veinticinco años transcurridos desde la transición, me la han devuelto con más color, más intensidad. Ahora, cuando voy a la compra, miro de reojo a todos los hombres que aparentan sacarme unos diez años y me preguntó si él estará entre ellos. No podría reconocerle ni siquiera si lo tuviera delante, pero espero que, durante todo este tiempo, haya seguido comprando naranjas con el mismo entusiasmo y aquella chica del jersey rojo, o con cualquier otra.

Ojalá

No lleva medias en invierno. Eso fue lo primero que me llamó la atención de ella, sus piernas decrépitas, flacas, descarnadas y muy pálidas, el relieve de las tibias atravesándolas de arriba abajo como una cicatriz. Aquella mañana hacía mucho frío, pero llevaba los calcetines enrollados en los tobillos y unas playeras blancas de algodón, tan absurdamente veraniegas como la desnudez de sus piernas. Entonces no me di cuenta de que siempre empuña un lápiz pequeño y afilado con la mano derecha, ni del carácter de los impresos arrugados que aprieta con la izquierda. Sí escuché su voz, ronca pero viva, demasiada voz para un cuerpo tan pequeño como el suyo. El primer día que coincidimos me dije además que debía de estar enfadada, pero ahora sé que ésa es su forma de hablar, pegándose con las palabras, con los acentos, un eco brusco, escéptico y combativo, una agresión con la que se defiende al mismo tiempo. Seguramente siempre está enfadada, consigo y conmigo, y con todos los demás, con el mundo entero. Seguramente siempre está cansada. No me extraña. Las solapas de un chaquetón marinero que le está enorme dejan ver sobre su cuerpo seco, consumido, las puntillas de un delantal de algodón rayado, azul y blanco, a juego con la bata, que le llega a la altura de las rodillas, y en estricta discordancia con el color de las canas que se escapan en todas las direcciones desde un moño bajo, asegurado de cualquier manera. Es una mujer muy mayor, que quizás no haya cumplido aún los setenta años, pero que no aparenta ni uno menos. Me pregunto cuántos hace desde que estrenó su primer uniforme de sirvienta. Quizás cincuenta, quizás incluso más. Por eso, el primer día que la vi le dejé colarse sin rechistar —¡ahora voy yo, eh! A ver, a ver... ¡Tú! A mí, ponme un kilo de naranjas... ¡Que no! Que estaba yo antes... Un kilo de naranjas, ¡vamos!, que pareces tonto...—, y por eso cada vez que entro en el mercado cruzo los dedos para no volver a verla.

Pero siempre está ahí, y siempre intentándolo. ¡A ver, tú, dime un número...! No. Ése no me gusta. Otro... Y va tachando con su lápiz, el treinta y uno, el diecisiete, el veintitrés, y hablando sola. Español-Betis. Dos. Alavés-Celta de Vigo. ¡Y yo qué sé...! Pues uno. Y eso pone, uno. Pero entonces el Celta gana sin falta al Alavés, y el Betis pierde irremisiblemente en Barcelona, y el treinta y uno no sale jamás del bombo, y sin embargo ahí sigue ella, comprando todos los días un cupón de la ONCE, y todas las semanas un décimo de lotería, y rellenando las casillas del Bono-Loto, y de la Primitiva, y de la Quiniela, y de lo que inventen, que a eso también jugará. De vez en cuando, algún ciudadano honesto y responsable, gente de orden, le recrimina por su conducta, hay que ver, mujer, si te debes de dejar el sueldo entero en este vicio tan tonto... Ella resopla, lanza al impertinente una mirada despectiva de través y luego, agachando la cabeza, se dedica a sí misma una sonrisilla esperanzada y rejuvenecedora. A mí me encantaría sonreír con ella. Ojalá, pienso entonces, ojalá.

Si los deseos bastaran para comprar a los árbitros, para amañar los bombos, para pulverizar al número enemigo, ella habría ganado ya miles de millones. Porque yo la recuerdo cada vez que paso por delante de un despacho de lotería, cada vez que veo un cartel que anuncia un bote, y siempre que me encuentro en la pantalla del televisor con la figura conmovedora, tan tierna a su manera, de ese ejecutivo calvillo y barrigón que ensaya cortes de manga ante el espejo del cuarto de baño de su empresa. Ojalá te toque, pienso entonces, ojalá. Ojalá te encuentre un día por la calle con el pelo teñido, y un kilo de oro en cada mano, y un abrigo de visón sobre los hombros, y un coche de un kilómetro de largo con un chófer uniformado esperándote en la puerta. Me gustaría saber cómo se llama para poder incluir un nombre propio que tal vez incrementara la eficacia de mis conjuros. Me gustaría adivinar cómo ayudarla, cómo empujarla, cómo montarla a lomos de la suerte. Me gustaría que Dios existiera o, si es que existe, que se sacara los tapones de los oídos. Mientras tanto, la sigo viendo todas las semanas. Siempre ahí, y siempre intentándolo.

Noticia de una ausencia

No la he vuelto a ver.

Era una mujer mayor, una anciana cuya edad exacta nunca fui capaz de adivinar. Tal vez estaba al borde de los setenta años, o quizás ya había cumplido diez o quince más. Recuerdo bien su cara, sin embargo, la piel craquelada como una isla de caramelo líquido que se ha enfriado encima de una mesa de mármol, los ojillos sagaces mirando nerviosos a un lado y a otro, sin detenerse jamás, y la nariz curva que los acompañaba, nerviosa ella también, perpetuamente alerta. Tenía los labios muy finos, metidos hacia dentro, y unas arrugas verticales, largas, profundas, que los atravesaban desde la base de la nariz hasta la frontera de la barbilla, como cicatrices en una boca que alguien hubiera cosido con aguja e hilo y se hubiera quedado así, cerrada, durante muchos años. Tenía también una marca muy extraña en la frente, una especie de oquedad superficial, como una laguna, un hueco, una huella que sugería el recuerdo de una violencia antigua y bárbara, una concavidad que yo asociaba, siempre que la veía, con el perfil convexo de un puño cerrado, aunque seguramente tendría un origen muy distinto. No se molestaba en disimularla. Llevaba siempre la frente despejada, su poco pelo recogido en un moño pequeño, cubierto a veces por un pañuelo. Iba siempre vestida de negro, y más que eso, de mujer de pueblo, con faldas largas que parecían el resultado de varias capas superpuestas y todos los botones de la blusa bien abrochados. Nunca, ni siquiera en los días más fríos de enero, la vi con un abrigo. Entonces se cubría con una toquilla gorda de lana, tejida a mano, y rematada con una hilera de pompones que adornaban con una nota absurda, infantil, la silueta ya informe de su cuerpo corto y rechoncho. Cuando llegaba el calor, cambiaba las botas por unos zapatos planos, abarquillados por el uso, que dejaban ver unos tobillos blancos y desnudos, descarnados y frágiles como los despojos de un pollo.

Recorría el mercado sin cesar, como si lo patrullara, tirando de un carrito miserable, la tela sucia y rajada asegurada con un cordel por varios sitios, y en la mano izquierda, pegado al pecho, un monedero grande, de plástico, con una descascarillada boquilla de metal. Y miraba. Lo miraba todo, miraba a los tenderos y a sus clientes, miraba los escaparates y los precios, miraba las ofertas y miraba al techo también, de cuando en cuando su mirada suspendida en cualquier rincón, absorta como si las paredes le transmitieran mensajes secretos que solamente ella supiera descifrar. A veces me saludaba con la cabeza, y yo le devolvía el saludo de la misma manera. Otras veces me veía pasar sin mover un músculo de la cara, y entonces yo aprovechaba su ausencia para mirarla, para intentar averiguar quién era, dónde vivía, con quién, o con qué clase de nadie. Se comportaba como una mendiga, pero solía ir limpia, bien peinada, y llevaba la ropa planchada, y sospechosamente empapada en colonia. Alguien debía ocuparse de ella y sin embargo, cuando veía que una manzana se había caído al suelo, se acercaba despacio, con el gesto sigiloso de una urraca, la tensión temblando en su pequeña nariz de ave rapaz, y recogía la fruta con dedos rápidos para enviarla enseguida al fondo de su carrito, donde haría compañía a los periódicos atrasados, las bolsas vacías de plástico, los folletos de propaganda y los cartones que recogía de aquí y de allí, en sus incesantes caminatas.

Estaba acostumbrada a verla, cargando siempre con su monedero y su silencio, el enigmático estigma de su frente hundida y una expresión ambigua, suplicante y huraña al mismo tiempo, que la situaba en una frontera imprecisa, cerca del llanto, pero también de la cólera. La única vez que me dirigió la palabra fue para explicarme que le gustaba mucho el jamón serrano, pero que ya no lo podía comer porque no tenía dientes. La dejé colarse y pidió cincuenta gramos de jamón de York que pagó con monedas, un duro detrás de otro. Luego, se sentó en un banco y se lo comió, partiéndolo con los dedos en pedacitos muy pequeños.

Desde que volví de las vacaciones, no la he vuelto a ver. Ni siquiera llegué a saber nunca cómo se llamaba.

Un junco verde, flexible

Era aquella época de la que recordamos el frío. Entonces hacía mucho más frío que ahora, escucho a cada paso, y quizás sea verdad, porque en este invierno tan duro, tan huérfano de sol, que padecemos, yo también recuerdo los cuchillos del viento agazapado en cada esquina, el filo seco que me cortaba la cara, desbaratando en un momento la trenza negra y espesa que mamá me hacía antes de salir. Hacía frío en aquellas mañanas de domingo que mi memoria adorna con una luz pálida y rotunda al mismo tiempo, deslumbrante, imposible, pero así serán para siempre porque así las recuerdo, como recuerdo el tacto templado y sedoso de la mano enguantada de mi madre, a la que me aferraba porque sí, por costumbre, porque me gustaba, aunque ya conociera de sobra el camino que hacíamos las dos juntas todos los domingos, mientras en casa los demás aún dormían. Recuerdo que entonces hacía mucho frío y además que todo era más sencillo. Había menos gente en la calle, menos coches, menos ruido, y un aire más neutro, más indefinido, porque antes de llegar a la esquina de Apodaca ya percibía el olor, un aroma crujiente, dorado, cálido, feliz. Recuerdo todo eso, y las manos brillantes, barnizadas de grasa y de vapor, de la churrera, la cautelosa pericia de sus dedos, que escogían uno a uno los churros recién hechos sin tocarlos apenas, como si se ensartaran solos en aquel junquillo verde que después cerraba con un nudo descuidado que sin embargo jamás se deshacía. Mi madre compraba uno de más, y me lo daba. Ésa era mi recompensa, el precio del madrugón, mi propina por la compañía, y el bocado más delicioso de toda la semana.

Cuando mis padres se mudaron a otro barrio, lejano y periférico, la churrería seguía abierta, funcionando. Una década después, logré reconquistar por mi cuenta Chamberí, pero ella no quiso esperarme. Cerrada a cal y canto, sin ningún letrero que anunciara que estaba en venta, el friso de azulejos intacto en la fachada, se limitó a no existir durante muchos años, tantos que dejé de mirarla, hasta que un día, por sorpresa, casi a traición, empezaron las obras, y a despecho de todos mis cálculos, aquel local no se convirtió en un tinte, ni en un despacho de chucherías, ni en una mercería, ni en un estanco. Porque volvió a ser una churrería, como antes. Ya no ensartan los churros en un junquillo verde y flexible, pero las manos de la mujer que ahora los envuelve en papel marrón brillan igual que aquéllas, y sus dedos son tan cautos, tan precisos, como los que sabían acariciar la pasta recién frita para escoger los churros uno a uno sin quemarse. Ya no abre los domingos, pero sigue estando ahí el resto de la semana, y los repartidores recorren aún los bares con un cesto grande de mimbre tapado con una tela, los mismos cestos, las mismas telas que yo recuerdo. El olor, sin embargo, no es tan fuerte, tan potente como antes. Mi madre ya no está, y yo no como churros, por mucho que los prefiera a esos yogures descremados que ingiero sin pasión, acaso una razonable antipatía por esas supermodelos que mienten en la tele diciendo que están riquísimos.

Pero eso también da lo mismo. La memoria es un lugar extraño, un país antiguo y desconocido, el tablero de un juego muy simple y endiabladamente difícil a la vez. Cada uno de nosotros crea su propia memoria, le da la forma que prefiere, la moldea, la engaña, le hace trampas. No existe otra manera de recordar. Y sin embargo, la memoria tiene sus propias tretas, astucias de superviviente baqueteada, humillada por el paso del tiempo, por las mentiras piadosas, por la estrategia de las conveniencias. Así, cada mañana, cuando paso por delante de un umbral que no traspaso, vuelvo a sentir el frío de otros inviernos, el tacto de la mano enguantada de mi madre sosteniendo la mía, la felicidad de un junquillo verde que nunca se rompe, y el crujido de una corteza dorada y deliciosa bendiciendo mis dientes. Y todavía no sé si me gusta o no, si es un momento alegre o un momento triste el que vuelvo a vivir en ese instante, pero creo que, si dejara de ocurrir, me sentiría muy sola, aunque tal vez no sabría definir qué estaba echando de menos.

Nuevas emociones

Era una de esas mujeres imprecisas que como mínimo parecen menos jóvenes de lo que ellas creen parecer a los demás. Vestida con un criterio confuso, llevaba un traje de chaqueta de ejecutiva convencional con complementos de adolescente a la moda. Bolsito de plástico estampado pero sortijas de brillantes, horquillas con mariposas de purpurina pero gafas de sol con nombre y apellido, teléfono móvil decorado con pegatinas en relieve de ésas que tienen ojitos que se mueven pero zapatos italianos de tacón muy alto y precio semejante. Decir que prometía sería poco, pero lo cierto es que al principio no la seguí. Ella caminaba delante de mí, y las dos íbamos al mismo sitio.

Cuando llegó su turno, se sacó del bolsillo una agendita con corazoncitos, arbolitos y estrellitas de colorines —que, al margen de las intenciones de su propietaria parecía, eso sí, mucho más joven, es decir, más propia de una niña de cinco años que de una mujer adulta de cualquier edad— y la estudió con atención.

—¿Tiene setas? —preguntó entonces.

El frutero la miró como si no hubiera escuchado bien, pero

no sólo porque hablaba como si tuviera toda la boca llena de chicle, sino porque, a simple vista, aquella mujer tendría que haber distinguido ya, al menos, tres clases de setas distintas en el escaparate.

—Sí —respondió de todas formas con un laconismo revelador, como si ya presintiera que más le valía armarse de paciencia.

—¿De qué tipo? —en lugar de estudiar la oferta de la frutería, ella frunció las cejas para concentrarse aún más intensamente en su agenda—. ¿Lepiotas, colmenillas, boletus?

—Pues... —el frutero se rascó la cabeza antes de seguir—. No sé qué le diga... Tengo de éstas de toda la vida, y luego de cardo, y níscalos...

—Ya... Sólo ésas, ¿no?

—Bueno... Luego, también, hay champiñones...

Esta última respuesta, correctísima tanto desde el punto de vista tipológico como desde el semántico, porque los champiñones siempre han sido, son y serán setas, a pesar de su vulgaridad y la humildad de sus orígenes, la desconcertó tanto como un insulto.

—Entonces no me interesa, gracias —musitó antes de marcharse.

Yo sí compré níscalos, y naranjas, y tomates, calabacines, mandarinas, espárragos, cebollas y patatas, pero lo dejé todo encargado y me marché enseguida, para no perderla de vista. Y la encontré al momento, con la agendita abierta, un pedazo de pluma de notario que no le cabía en la mano, y una persona atónita, en este caso una mujer, al otro lado del mostrador.

—Así que éste es virgen, ¿no?

—Sí. Todos estos de aquí —y señaló a su espalda una balda repleta de botellas de aceite— son vírgenes.

—¿Pero son cien por cien puro zumo de aceituna?

—Pues... —su interlocutora frunció las cejas, la miró, volvió a fruncirlas—. Eso no lo sé. De todas formas, aquí, en la etiqueta, dirá algo más...

La tendera se puso las gafas, levantó la botella, se la acercó a los ojos, pero ella no le concedió el tiempo necesario para leer siquiera dos sílabas seguidas.

—¿Está obtenido por prensado en frío? —preguntó.

—Sí, claro —la pobre mujer resopló, como si ya estuviera todo hecho—. Eso todos, creo yo...

—¿Y tienen denominación de origen? ¿Cuál?

Yo, que no soy una experta, reconocí más de una docena de nombres, pero el aceite que ella buscaba se comercializaba solamente en botellas de 350 ml y estaba perfumado con cáscara de trufa blanca. No la trufa entera, precisó, sólo la cáscara.

—Pues si no tiene ése... —dijo al final—. Entonces no me interesa, gracias.

De ahí fue derecha a la bodega, pero ya no la seguí. Estoy segura de que tampoco encontró el vino que buscaba, seguramente un rosado húngaro con aroma de madera de sicomoro, o algo por el estilo. Supongo que debería haberme reído, pero la verdad es que me desmoralicé. Ya estoy acostumbrada a que la moda fuera cultura, pero creía que para ser una persona moderna, culta, civilizada, bastaba con echarle un vistazo a Cibeles y otro a Gaudí, y con aprenderse de memoria, eso sí, las tarjetas con las últimas cosechas de Rioja y Ribera del Duero que regalan en algunos restaurantes. Sin embargo, la trivialización de la cultura, o mejor dicho, la sacralización cultural de lo trivial, se desarrolla tan deprisa como un tumor maligno y yo, ya, la verdad, me encuentro mayor para reciclarme. Menos mal que siempre nos quedará el diccionario. Al volver a casa, busqué la palabra «lepiota» y no la encontré. Quizás he escuchado mal, me dije, pero entonces, al mirar en la columna de al lado, leí «lestrigón: individuo de alguna de las tribus antropófagas que, según las historias y poemas mitológicos, encontró Ulises en su navegación».

Y fue emocionante.

Cuento de Navidad

Las hebras plateadas del espumillón ponen barbas postizas a las ostras, y acarician la piel de los besugos con el tacto aéreo y delicadísimo de una boa de plumas. Los jamones ibéricos tienen la pata más negra, como lustrada con betún, porque un lazo dorado adorna su tobillo. Hasta las uvas, perfectas en sí mismas, en su propia y circular imagen de la plenitud, parecen recostarse con la voluptuosidad de un cuerpo joven sobre su resplandeciente lecho de virutas transparentes. Bolas de plástico de colores, estrellas de cartón recubiertas de purpurina con un letrero que chilla *¡Felicidades!*, árboles en miniatura encima de los mostradores, cestas envueltas en celofán con una inmensa moña roja encima... Hoy todo brilla, mañana también. Lo único que adelgaza son los tacos de participaciones de lotería enganchados en un clavo que, como un trofeo de guerra, o la cabellera de la mala suerte de cada cual, ofrece cada puesto. Es la fiesta universal. Y sin embargo, nadie está contento.

El carnicero apunta el enésimo pedido de la mañana, se rasca la coronilla, me mira, y se pregunta a sí mismo en un susurro de dónde va a sacar tantos kilos de solomillo. En Navidad, las terneras son iguales que durante el resto del año, me aclara, y a ver qué hago yo con el resto del animal... Mientras tanto, a mi izquierda, dos amigas se confiesan en el umbral de la batalla más cruenta de sus tradicionales guerras familiares.

—Y es lo que le he dicho yo a mi marido —dice una—, que para darle quince mil pesetas a su hermana, ya compro yo el redondo, lo aso en mi casa y hasta se lo llevo en taxi, ¡no te digo!

—¡Anda, claro! —la otra le da la razón con vehemencia, pero sigue a lo suyo—, y eso que tú no guisas, porque lo que soy yo, tengo que dar de cenar a dieciocho...

El charcutero aprovecha la presencia de las clientas menos belicosas para ir preparando los encargos que tiene acumulados, pero el espíritu navideño se desorienta en las colas de más de tres personas, y no hay clemencia para la triquiñuela que pasa inadvertida durante el resto del año.

—¡Ah, no, no, no! —esa viejecita tan pacífica se sacude dentro del abrigo para acabar de transformarse en toda una hidra—. ¡Ni hablar! Ponme lo mío, que tengo mucha prisa. Y el del teléfono, que venga aquí y que se espere, como todos los demás... ¡Hasta ahí podíamos llegar!

Los aplausos llegarían hasta la pollería si no fuera porque allí sólo se escuchan las quejas de un pobre comerciante previsor, abandonado por la aritmética en el cálculo de la cantidad de pavos que guarda en la cámara precisamente este año, cuando todo el mundo ha decidido cenar faisán. El turrón de chocolate se ha acabado ya en todas partes, pero nada es comparable a la tragedia de la pescadería.

Aunque los precios del marisco están escritos con irreprochable claridad en cada etiqueta, a la gente le gusta preguntar, para poder escandalizarse después, y dolerse por último en voz alta. Los pescaderos, que lo saben, hace años que esconden las angulas, y sólo musitan una cifra exorbitante a petición de algún cliente que se levanta la solapa para preguntar por ellas, sintiéndose culpable hasta de su curiosidad. Sus víctimas, sin embargo, se conforman con mucho menos.

—¿A cuánto dices que están los centollos...? ¡Qué pecado...! ¿Y la merluza...? ¡Qué atraco...! ¿Y los percebes...? ¡Qué barbaridad! Desde luego, es que clama al cielo, vamos...

Si alguien estaba todavía contento, ya ha dejado de estarlo. Pero es entonces, precisamente en ese instante, cuando el espíritu de la Navidad decide manifestarse por fin.

—Pues a mí me da igual —dice alguien que no brilla, ni tintinea, ni reluce—. Total, yo voy a cenar dos huevos fritos y me voy a meter en la cama a las once, como todos los días...

Todos le miran a la vez. Acaban de recordar que, al fin y al cabo, la paga extraordinaria se hizo para gastarla, enero para adelgazar, y la fe católica para confesarse. Mientras el aguafiestas se aleja, creo distinguir un resplandor rojizo debajo de su abrigo. Y es que la sociedad de consumo no perdona. Ni siquiera a Papá Noel.

El milenio del carnicero

La Navidad es un estado de ánimo. Más que una fecha, más que una conmemoración religiosa, más que una fiesta pagana, más incluso que unas vacaciones. El carácter de estos días se estrella contra la memoria, contra la conciencia, contra los ahorros de las personas hasta hacer saltar chispas, fuegos de artificio emocionales que suelen repetirse, año tras año, como un ritual dotado de su propio sentido. Pero el territorio de las emociones coincide a menudo con el de las paradojas, y por eso, dando un paso más, me atrevería a decir que la Navidad es un estado de ánimo paradójico. Si yo leyera una descripción minuciosa de mí misma firmada por alguien que me conociera bien, deduciría sin esfuerzo que la Navidad no me gusta nada, y sin embargo no es cierto. A cambio, supongo que debería suponer que el Fin de Año, una celebración neutral, casi aritmética, e impregnada de la fría objetividad de las reflexiones inevitables, me resulta mucho más tolerable, pero tampoco es así. De hecho, la Navidad en general me gusta, pero la noche del 31 de diciembre es la que más detesto entre todas, incluida la de la víspera de mi cumpleaños, que tampoco está mal.

No es sólo por esa irresistible imbecilidad de la fiesta forzosa, aunque hay que reconocer que la diversión a plazo fijo se enriquece año tras año con alguna nueva y siempre pasmosa muestra de cretinismo innovativo —¿qué me dicen de la moda ésta de patearse las heladas con un trajecito de tirantes, unas sandalias sin talón y un chal de tul?, ¿y de las aportaciones foráneas a la superstición nacional que representan las bragas rojas y el oro en la copa, antes y después de atragantarse con las uvas?, ¿y qué les parece que, en el colmo absoluto de la sinrazón, después del coñazo que tuvimos que aguantar el año pasado, resulte que mañana empieza el milenio otra vez, después de los que sin duda alguna han sido los mil años más cortos de la Historia?—. Pero si la Nochevieja me irrita hasta el punto de llegar a ponerme triste es por su apoteósica condición de emperatriz de las listas, los balances, los resúmenes y cualquier otro sistema conocido para empaquetar el tiempo, encapsularlo en pequeñas píldoras de parafina virtual, intervenir la parsimonia natural de la memoria y decretar lo que se debe y lo que no se debe olvidar del año que termina.

Los recuerdos, como todas las creaciones humanas, carecen de una naturaleza uniforme. Cada uno se comporta según su intensidad, su calidad, su carácter, y obedece a sus propias normas, su propio ritmo, que nunca es caprichoso por más que lo parezca. Yo he seguido leyendo durante todos los días de mi vida algunos libros que cerré en cierto impreciso momento del año 74, o del 76, o del 78, porque ya ni me acuerdo de la fecha. Y he seguido viendo imágenes que registré cuando no levantaba del suelo más de 120, o de 130, o de 140 centímetros, a la misma altura a la que estaban mis ojos entonces. Vivo con personas muertas, y paso junto a otras, que están vivas, sin darme ni cuenta de que no se han muerto. Por eso odio las listas, los balances, los resúmenes, las simplificaciones tramposas y las zancadillas que precipitan el pasado concreto, reciente, en los sótanos oscuros del pasado amorfo, el tiempo sin adjetivos, el infierno donde se amontonan los recuerdos que se mueren de soledad cuando nadie los reclama.

No hace ninguna falta recordar una película, un libro, un actor, un cantante, un acontecimiento, un deportista, una catástrofe, un paisaje, o un famoso por año. La memoria trabaja despacio, los recuerdos maduran lentamente, como los vinos y las equivocaciones. Y, por cierto, son tan intransferibles como estas últimas. Pienso en todo esto mientras guardo turno en la tumultuosa cola de la pescadería, contemplando de reojo la desolación pintada en la cara de todos los carniceros del mercado. Me resulta fácil, porque sus puestos están hoy tan despoblados como en cualquier martes del mes de agosto. Ellos deben tener también buenas razones para estar de mal humor y, pase lo que pase en los doce meses que nos esperan, seguro que no van a olvidar nunca la Navidad del 2000, que parece haber cumplido los peores presagios de los profetas milenaristas sólo para ellos. No hay tristeza mayor que la que se consume en medio de la alegría general. Por eso, ellos se merecen más que nadie un feliz año nuevo de vacas cuerdas, y herbívoras.

Año nuevo

Que la gente a la que yo quiero siga queriéndome. Que mis hijos mayores sigan navegando por la adolescencia con amores contrariados y sin heridas mortales. Que los Reyes Magos acierten con los regalos de mi hija pequeña. Que mis amigos quieran seguir siendo mi familia. Que los cadáveres de mis enemigos —y de los enemigos de mis amigos— pasen por la puerta de mi casa en ataúdes metafóricos y eficaces, pero no tan dolorosos como para que me sienta culpable de su destino. Que mi novela salga a tiempo, sin errores y sin erratas. Que los terroristas equivoquen la puntería. Que el invierno sea breve, la primavera larga y el verano caluroso. Que la izquierda española resucite. Que la derecha española se debilite. Que el alcalde de Madrid deje de quitarme el sueño. Que a las autoridades económicas del primer mundo se les ocurra la posibilidad de ahorrar en el sufrimiento de las personas. Que se globalicen la dignidad y el futuro. Que mis amigos argentinos vuelvan a ser prósperos y felices. Que mis amigos cubanos no pierdan las ganas de seguir bailando. Que Pilar del Castillo dimita. Que el Gobierno retire la Ley Orgánica de Universidades. Que esa imprescindible minoría de gente que lee libros sea un poco más numerosa cada día que pasa. Que reine la justicia poética. Que reine única y exclusivamente la justicia poética. Que los esfuerzos que merecen la pena encuentren alguna recompensa. Que no se recompense más a quien vive del cuento, excepto en el caso de los buenos escritores de cuentos. Que la programación de las cadenas de televisión deje de dar vergüenza ajena. Que se recuerde a Carlo Giuliani, para que a la injusticia tremenda de su muerte no se sume el crimen inconcebible de otras muertes iguales. Que ETA abandone la lucha armada. Que las fuerzas armadas de Estados Unidos de América sólo salgan de sus cuarteles para hacer maniobras en el desierto un par de veces al año. Que encuentren de una vez una vacuna contra el sida. Que Francis Fukuyama enferme de algo malo. Que el entierro de la peseta sea tan indoloro y festivo como el de la sardina. Que el euro nos sea propicio, y el Mundial de fútbol, lo más leve posible. Que Xabier Arzallus deje de salir por la televisión. Que los medios no sigan difundiendo por sistema las opiniones de la Conferencia Episcopal sobre cualquier asunto, le concierna o no. Que se legalice sensatamente el consumo de drogas. Que los traficantes de drogas se queden en el paro. Que se legalice sensatamente la prostitución. Que los tratantes de esclavos se queden en el paro. Que se legalice sensatamente la inmigración. Que los traficantes de personas se queden en el paro. Que las prácticas de mutilación sexual infantil se penalicen con toda la dureza que sea precisa para erradicarlas. Que la literatura vuelva a ser una asignatura independiente de la lengua en los programas educativos de las enseñanzas medias. Que no haga falta que los escritores se plagien los unos a los otros para que la gente hable de libros en los bares. Que se vuelva a enseñar latín en los colegios. Que se recupere para siempre —en los libros de texto, en el lenguaje político y en las pensiones de jubilación— la memoria de la Segunda República Española como el glorioso proyecto cuya memoria nos sigue siendo injusta y sistemáticamente arrebatada. Que se deje de llamar nacional al ejército rebelde. Que los barcos de pesca no naufraguen. Que los aviones de pasajeros no se caigan. Que la policía no cargue contra los manifestantes. Que los parias de la Tierra se levanten. Que los *burkas* de cualquier naturaleza se pudran por igual en los baúles. Que los torturadores agonicen. Que los dictadores se suiciden. Que los ladrones se arruinen. Que los mafiosos se queden solos. Que los desaparecidos aparezcan. Que todos los niños vivan sin trabajar. Que todas las niñas tengan derecho a vivir. Que los viejos se queden dormidos sin saber que ya no despertarán. Que Ulises siga encontrando el camino de casa. Que —como dice Joaquín Sabina, al que le he copiado la idea de este artículo— los que matan se mueran de miedo. Y que ustedes me sigan leyendo.

    Feliz año nuevo.

Pensar en céntimos

Cuando era niña, mi madre me contaba dos clases de cuentos bien distintos. Los que yo entendía mejor —porque aparecían dibujados en los libros que me regalaban por mi cumpleaños y en las películas de Walt Disney, cuyo estreno se convertía en el acontecimiento de cada Navidad— sucedían en regiones remotas de países extranjeros, donde los príncipes y las princesas eran rubios, los reyes, emperadores, y los cortesanos ostentaban títulos tan impenetrables y estrambóticos como el de mariscal o chambelán. Y sin embargo, ésos eran los cuentos que yo entendía mejor, sin sorprenderme de que así fuera.

Los otros sucedían en lugares que deberían haberme resultado mucho más familiares: un pueblo de la sierra, un pueblo de La Mancha, un pueblo chiquitito entre montañas, la choza de un pastor, o una casa, simplemente, en cualquier población cuyo nombre o tamaño no era preciso conocer para seguir la historia. Los protagonistas de estos cuentos no tenían título nobiliario, ni apellidos, a veces ni siquiera un nombre. Una vieja, un labrador, una moza, una viuda, un niño, su tía, su abuelo. Con eso bastaba. Sus historias eran tremendas, a menudo truculentas, hasta el punto de que, en la mayoría de los casos, el final feliz consistía en la simple supervivencia del protagonista, que se libraba por los pelos de acabar asado y trinchado en la mesa de una vieja tan malísima que ni siquiera hacía falta aclarar que era una bruja. En los cuentos de la España endémica, endémicamente pobre, y asolada, y rural, que mi madre me contaba sin sospechar quizás que los entendía peor que las fábulas de Andersen, no había lujo. Ni calderos llenos de monedas, ni gallinas que ponían huevos de oro, ni vestidos de brocado, ni collares de diamantes, ni emperadores presumidos, ni zapatos de cristal, ni milagros *glamourosos* de hadas madrinas capaces de sacar una princesa de cualquier fregona despeinada. Y sin embargo, aparecía constantemente el dinero. A menudo, los cuentos comenzaban así: una vieja tenía una peseta, una moza tenía un realito, un niño tenía un centimito, y su madre le dijo toma una perra gorda, pero no la pierdas, y la viuda contaba los reales, y el labrador guapo, pero muy pobre, le decía a su novia yo te quiero, pero no tengo una perra, y la novia se iba con el viejo encogido y asqueroso, que tenía, y yo no sabía muy bien lo que tenía, porque mi madre decía sólo eso, que tenía, y levantaba la mano derecha en el aire para frotarse la yema del dedo pulgar con las yemas del índice y el corazón, y eso era dinero, el mismo que todos, la vieja, la moza, el niño, la viuda, el joven y el viejo contaban y recontaban, miraban y remiraban, y colocaban debajo de la almohada cuando se iban a dormir para que nadie se lo robara por la noche.

 Cuando me fui haciendo mayor me dio mucha rabia no ser capaz de recordar —con la única excepción del más terrorífico, el que no me dejaba dormir por las noches, el cuento de la vieja y la lentejita, que llegué a incluir en una novela sólo para asegurarme de que nunca lo olvidaría— aquellos cuentos que me resultaban tan ajenos, cuando eran en realidad mucho más propios que las multicolores y enjoyadas fantasías de la pantalla grande. Y sin embargo, por una complicada carambola del destino, el año que acaba de empezar, y que no deja de empujarme hacia adelante, como es su obligación, parece haberme transportado de golpe al impreciso territorio de los cuentos que me contaba mi madre. En los pasillos del mercado, los personajes siguen sin tener nombre ni apellidos, y nadie los calificaría ya como mozos, ni muchísimo menos como viejos —ese término tan políticamente incorrecto—; pero, por lo demás, todos tienen en la mano unas pocas monedas o un billete que cuentan y recuentan, que miran y remiran, con las cejas fruncidas por un asombro tan puro como si el dinero acabara de lloverles del cielo. En el año 2002 estrenamos moneda, y paradoja. El euro le ha devuelto a la España rica, nueva rica y urbana, el gesto de inocencia de los viejos cuentos del centimito. Cuando hago la cola de la frutería, una señora que tiene todo el aspecto de haber pagado sin rechistar las pesetas que le hubieran pedido por un kilo de naranjas hace sólo una semana, se vuelca el monedero en la palma de la mano, aparta las monedas con sus uñas impecablemente pintadas, y mientras los brillantes de sus sortijas destellan bajo los focos frunce las cejas para preguntar otra vez por el precio de la bolsa que el frutero le tiende con un ademán cansado, agotado de repetirse. Y ya sé que este fenómeno no va a durar mucho tiempo, pero por un instante vuelvo a escuchar la voz de mi madre, y me doy cuenta de que pensar en céntimos me conmueve.

Memoria de la prisa

El resto de la clientela siempre trae mucha prisa. Por la mañana temprano, para tomarse un café con leche y un bollo porque han salido de casa sin desayunar, o un café solo y una copa de coñac porque sí, porque van a pasar el resto del día cargando y descargando reses en la trasera de un camión. La mañana se hace larga, y los compradores suceden a los vendedores frente a la barra coronada por una hilera de tazas blancas, con su cucharilla y su sobrecito de azúcar encajado ya en el plato, hasta que al mediodía, más o menos, la cerveza toma el relevo. Las cañas de cristal colmadas hasta el borde chocan contra el mostrador derramando su humilde diezmo de espuma, y agradecen la compañía del minúsculo plato donde reposa una banderilla, o un pincho de escabeche, o un cuadrado de tortilla de patatas por cabeza. Es la hora en la que los representantes invitan a sus clientes a una cañita, y las amas de casa cansadas de correr se conceden un respiro mínimo antes de salir pitando para llegar a poner la comida a tiempo. Siguen teniendo prisa, y por eso casi todos pagan la cuenta antes incluso de consumir sus bebidas. Saben que, si algunos de los bares que abren sus puertas a la calle pueden llegar a ser como casas de repuesto para quienes eligen vivir en ellos, el bar del mercado ofrece en cambio una hospitalidad limitada y precaria, como la de los cuartos libres de una pensión barata. Pero ellos están fuera del campo semántico del término «todos», y tal vez por eso lo prefieren al resto de los bares. Conscientes del lugar que ocupan en las estadísticas, se plantan como árboles viejos en el veloz dominio de la fugacidad, y se mueven con una extremada lentitud, como si quisieran recalcar que la prisa de los demás les trae sin cuidado.

Llegan pronto, pero nunca temprano, a eso de las diez, las once de la mañana, y allí se quedan, sentados en un taburete, indiferentes al vértigo de la vida atrapada en los relojes, con la mirada fija en la pantalla de un televisor mudo, ahogado en el barullo de las voces, las pisadas, los cuchillos y las máquinas, hasta que el camarero empieza a recoger para cerrar, al filo de la hora de comer. A veces vuelven por la tarde, para participar con la misma pasiva extrañeza en un ciclo distinto, café solo al principio, meriendas hacia las seis, copas al final, para resarcirse del cansancio y celebrarlo quizás al mismo tiempo. Luego, cuando los cierres metálicos de todos los puestos se desploman a la vez, haciendo un coro estrepitoso, chirriante, a la apagada imagen de los pasillos desiertos, ellos se levantan con mucha parsimonia, pagan la consumición que han ido bebiendo a sorbitos para estirarla como si fuera un chicle durante horas enteras, y se van despacio, arrastrando las piernas con pereza, siempre sin prisa por llegar a ninguna parte, pero sin ganas tampoco de quedarse en ningún sitio.

No sé exactamente adónde van, ni sé con certeza quiénes

son, parados de larga duración, supongo, prejubilados a la fuerza, infelices propietarios de un certificado de incapacidad laboral permanente, víctimas diferentes de la misma implacable estrategia del bienestar ajeno. La mayoría son hombres, pero hay también mujeres, tan discretas y grises, tan ociosas y lentas como ellos, con el mismo indefinible aspecto de soldados veteranos abandonados a su suerte en un país extraño, tras la enésima derrota de su ejército. Seguramente tienen una casa, una familia, una mínima garantía de subsistencia, una pensión apenas suficiente para pagarse el larguísimo café de cada día. Tienen además todo el tiempo del mundo y la memoria de la prisa de otras épocas, cuando ellos también formaban parte de la palabra «todos», y no podían invertir más de diez minutos en apurar una caña de cerveza y una tapa sobre la barra de cualquier bar. Ahora, excluidos de la vida oficial, se atrincheran en el bar del mercado para contemplarla con nostalgia y sin rencor, los párpados cansados, la barbilla hundida, las manos flojas encima de las piernas. Son la gente más triste de la tierra.

Otra vez el año nuevo

El celofán estaba intacto, tan terso, tan brillante como si lo hubieran colocado ayer sobre las figuras de mazapán. Los polvorones arropados en papel blanco, los mantecados alineados según su sabor y el color de su envoltorio, los bombones de coco en su elegante abrigo dorado, los de guindas en otro más vivo o más vulgar, rojo rabioso, brillaban a la luz de la despensa con una tenacidad desesperada, como si no se resignaran a su caducidad. La caja era rectangular, aparatosa, y tenía tanta trampa como cartón, porque un doble fondo de plástico, dividido en pequeños compartimientos calculados según el tamaño de cada dulce, reducía en un porcentaje considerable el contenido que prometía su tamaño. Pero era una caja grande, de las mayores, y la encontré exactamente en su sitio, en el lugar donde debía estar, el estante de las provisiones inclasificables, entre un bote de pimentón y un paquete de láminas de gelatina que debí de comprar yo misma alguna vez, mientras planeaba una tarta que nunca llegué a hacer. Ahí estaba, ahí estuvo en enero de este año que termina, y en abril, cuando comenzó la primavera. Los calores de junio y la melancolía de septiembre la sorprendieron en el mismo sitio, y por ella pasó octubre distante e indeciso, noviembre con sus nieblas y sus lluvias, y otra vez diciembre, frío y destemplado, ruidoso y manirroto, festivo y seguramente alegre, pese a todo. Ahí estaba, ahí estuvo, pero yo no la vi. No la había visto hasta hace un par de semanas.

Aquella mañana volví del mercado con una bolsa llena de pequeñas dosis de Navidad comestible. Todos los años intento retrasar al máximo la tentación, y esta vez había logrado ya que el calendario me pisara los talones. Papá Noel debía de estar apurando las postreras hieles de la dieta que le consiente bajar por las chimeneas cuando yo —las protestas en mi casa, todo un clamor— me decidí a afrontar por fin el irresistible escaparate de las mil y una almendras. Siempre me ha asombrado que un fruto tan pequeño, tan modesto y seco, haya podido generar tal variedad de sabores deliciosos, y por eso siempre compro más de la cuenta, asumiendo mi incapacidad para pronunciarme entre el turrón duro y el blando, entre los polvorones y los mantecados, entre el guirlache y el mazapán. Luego, también como siempre, repartí las pruebas de mi indecisión en una bandeja, la misma que usaba mi madre cada año en Navidad, y con el ánimo un tanto maltrecho por esa coincidencia fui a la despensa a guardar el resto. Entonces la vi, una caja grande, nueva, intacta, envuelta aún en una película de plástico transparente. En uno de los lados tenía un rectángulo blanco, y en él, una fecha impresa con tinta negra, consumir preferentemente antes de noviembre de 2002, decía.

Tardé un buen rato en cogerla, en tocarla, en abrirla. Estaba atónita, paralizada por el asombro, y asombrosamente triste. Era una simple caja de polvorones, nada más que una caja de polvorones, pero llevaba un año allí, esperando a que la abriéramos y a que la vaciáramos, y ni siquiera la habíamos visto. Parece una tontería. Sé que parece una tontería, y sin embargo, en ningún otro momento de esta Navidad, ni siquiera cuando saqué de la alacena la bandeja de los turrones de mi madre, he llegado a experimentar una tristeza semejante. El tiempo pasa tan deprisa, y tenemos tantas cosas que nos sobran, y tan poca capacidad de controlar lo que sucede a nuestro alrededor, que a veces parece que la vida se consume sola, arrinconada en el estante de una despensa, en un lugar que vemos sin alcanzar a mirar lo que contiene. Por eso, para el año que empieza, les deseo a ustedes lo mejor —si son gallegos, algo mejor que lo mejor— y, al menos, que cuando haya acabado el invierno, y se haya consumido la primavera, y el verano haya cedido su espacio al otoño, y diciembre vuelva a la carga con su canción sentimental y agridulce, no se encuentren en ningún armario ninguna caja cerrada, estéril, caducada.

La felicidad no toca

Salgo a la calle con el ánimo ambiguo propio de la época. Porque se ha acabado la Navidad, y qué pena, pero afortunadamente se ha acabado la Navidad, qué bien, y da lástima que los niños hayan tenido que volver al colegio, con lo bien que estaban en casa, durmiendo hasta las once y haciendo destrozos el resto del día, pero menos mal que los niños han vuelto al colegio, porque ya estaba bien de gritos, y de carreras, y de estanterías vacías, todos los juguetes desperdigados por el suelo del salón como si viviéramos en una instalación permanente de ARCO, con Barbies y todo. Así que no sé muy bien de qué humor estoy cuando salgo a la calle, y eso que creo haber tirado ya todas las cajas, las inmensas, las grandísimas y las enormes —¡pobres camellos!, es sorprendente que sigan teniendo joroba, con tanto armatoste como cargan—, y he quitado el árbol, ese que el año que viene montaré de nuevo —porque para eso los europeos del norte son más listos que nosotros, y se inventan tradiciones cómodas, portátiles, limpias, prácticas y plastificables—, y el belén, que es una de mis debilidades más antiguas —empecé a comprar figuras de barro a los 11 o 12 años, superé una crisis ideológica a los 30 más o menos, cuando decidí rescatarlo de las profundidades del trastero porque la verdad era que me encantaba, aunque no me pegara nada, y sigo sucumbiendo como una tonta a la última novedad en cactus, o en minúsculas lecheras de hojalata, o en ovejas recién paridas amamantando a sus crías— y que, por supuesto, acabo de jurarme a mí misma no volver a poner nunca más, como todos los años por estas fechas. Total, que se ha acabado la Navidad, aunque seguiremos barriendo purpurina, serrín y acículas artificiales hasta el mes que viene. Qué bien. Qué pena. Qué bien.

El mercado también parece limpio. Subo las escaleras y no detecto espumillones, ni campanas de cartón, ni carteles de letras cursivas y plástico rojo, esas exclamaciones que desean ¡Felicidades! con la misma imposible sintaxis de nieve cuajada sobre el travesaño de la efe y el punto de la i, desde la ya más que remota Navidad del año en que aprendí a leer. Y sin embargo, al doblar la esquina la vuelvo a ver, tan deseable, tan tentadora, tan irresistiblemente seductora como en el mes de noviembre. Metáfora de la felicidad, de la esquiva condición de la fortuna, de la arbitrariedad del destino, tan generoso siempre con los demás, nunca conmigo, me sonríe burlona desde la inalcanzable estatura de sus cuatro pisos repletos de bondades. Ahí está. Y no puede ser, pero ahí está, inmaculada, intacta, con sus celofanes y sus moñas rojas, el papel de plata realzando la intensa negrura de la pezuña del jamón de la izquierda, otro de color dorado transmitiendo un brillo semejante a la pezuña igualmente negra, e intensa, del jamón de la derecha, y los chorizos, y los lomos, y los salchichones, un cerdo entero, bendito sea, repartido entre las cajas de bombones y de trufas, el anacronismo relativo del turrón y la actualidad permanente de las botellas, tanto vino de crianza, tanto alcohol destilado de primera calidad, y las botellas de cava, que a mí no me gustará, pero que, desde luego, hay que reconocer que le dan categoría al conjunto... No voy a enumerar aquí todo lo que contiene, pero me lo sé de memoria, todos los años me aprendo su contenido de memoria a fuerza de mirarla, de estudiarla, de desearla con una intensidad tal que hace tambalearse la primera y original de mis vocaciones. Porque ante la imagen de una cesta de Navidad de cuatro pisos siempre me pregunto quién me habrá mandado a mí hacerme escritora, en lugar de contratista de obras, aposentadora de frutas y verduras, o concejala corrupta, dado que, si tales cestas existen, a alguien se las regalarán, y a los escritores no, por cierto...

—¿Qué ha pasado? —le pregunto al pollero.

—¿Con la cesta? Pues nada... Que, por lo visto, no ha tocado.

—¿Que no ha tocado? —insisto, y el orden del universo entero empieza a quebrarse entre mis manos.

—No, eso dicen... Iba en combinación con el gordo de Navidad, y no sé qué pasó que luego dijeron que lo dejaban para el Niño, y ahora pues... No sé lo que harán. Rifarla, me imagino.

Rebusco en todos mis bolsillos y reviso una por una las cremalleras del bolso hasta que logro reunir todas mis papeletas. Y no me va a tocar, sé que no me va a tocar, pero ¿qué quieren? La verdad es que vuelvo a casa con ánimo optimista, un espíritu impropio de la época.

Arroz con tomate

A las nueve menos veinte de la mañana, cuando ya empiezo a creer que voy a librarme, mi hija —cinco años recién cumplidos, anorak con capucha abrochado hasta arriba, cara de mosqueo— se vuelve, me mira, me pregunta. ¿Qué hay hoy de comer en el colegio? Antes, temiéndome lo peor, he consultado el menú fijado con imanes a la puerta de la nevera. Arroz con tomate, decía. Sopa, contesto, con toda la convicción de mi edad, mi estatura, mi autoridad maternal. ¿No habrá arroz, verdad?, insiste ella. Es que el arroz está asqueroso... No, no. Hay sopa. ¿Seguro? Sí... A las nueve y cinco, cuando la veo subir por la escalera diciéndome adiós con la mano, me siento miserable, mezquina, tramposa, abusona, y susceptible de ser calificada con, por lo menos, una docena de adjetivos del mismo estilo, siempre de tres sílabas o más. Pero ni siquiera tengo tiempo para perseverar en mi degradación moral. Vuelvo a casa a toda prisa, me cambio, me miro en el espejo, me vuelvo a cambiar, me vuelvo a mirar, me pongo lo mismo que al principio. Odio que me hagan fotos. Porque, entre otras cosas, cuando me hacen fotos tengo que pintarme. Y cuando me pinto, me estropeo, porque no estoy acostumbrada, y me meto el cepillo del rímel en un ojo, y se me pone colorado, y me lo tengo que limpiar, y pintármelo otra vez, y al final salgo a la calle con el aspecto de una pobre Desdémona de teatro aficionado a punto de dejarse estrangular por su marido. Pero tampoco tengo tiempo para pensar en eso. Cuando ya he cerrado la puerta, me acuerdo de que se me ha olvidado dejar dinero en la puerta de la nevera. Vuelvo a entrar, coloco un billete de cincuenta encima de ese arroz con tomate del que no quiero acordarme, y me digo que ya sé que ayer le prometí a la asistenta dejarle una lista con lo imprescindible, pero que tampoco va a poder ser. Con tanto entrar y salir, y vestirme y desnudarme, y pintarme y limpiarme, se me ha hecho tarde, así que, después de sortear un laberinto de calles destripadas que obliga al taxista a cambiar de ruta un montón de veces, llego al hotel con retraso. La periodista de las diez en punto y la jefa de prensa de mi editorial me esperan charlando tranquilamente en el *hall*. Pido perdón y lo obtengo sin dificultad, porque las dos saben bien lo que me espera.

¿Y qué opina usted de la polémica muerte de la novela?, me preguntan. ¿Se me ha olvidado el dinero del inglés del mayor?, me pregunto yo. Sí, se me ha olvidado, me contesto. Bueno, en realidad, contesto, me parece mucho menos grave que sorprendente... Y no sé si va a haber bastante con los cincuenta que he dejado para la compra. Me sorprende no haber escuchado los nombres de Truman Capote y de Norman Mailer en las constantes discusiones sobre este tema... ¿Y qué le digo yo que compre a esta mujer? Porque en realidad, *A sangre fría* se publicó hace más de medio siglo, y ese filón ha permanecido tan vigente como intacto durante muchos años... A ver si la puedo llamar entre el de las once y el de las doce. La pregunta sería por qué se habla de la novela con argumentos de no ficción como si fuera algo nuevo y precisamente ahora, cuando por fin tenemos la certeza de que la experimentación formal se ha extinguido por muerte natural... Y si no, que haga filetes con patatas, supongo que se le ocurrirá a ella sola, y caldo para hacer sopa hay de sobra, eso desde luego. Yo diría que la experimentación en narrativa se ha trasladado desde la ruptura de la forma hasta el mestizaje de los géneros, pero eso no implica que la ficción y la no ficción tengan que oponerse o anularse entre sí, porque de hecho, en la obra del propio Capote coexistieron apaciblemente...

A las ocho menos diez de la tarde, he exorcizado, curado y resucitado a la novela siete veces seguidas, pero nadie me lo tiene en cuenta. Le debemos la clase de hoy a la de inglés, me reprocha mi hijo en la puerta de su cuarto. Como no me has dejado escrito nada, he hecho filetes con patatas, igual que ayer, me informa la asistenta en la mitad del pasillo. Mi hija no sale a saludarme. ¿Sabes, mamá?, me dice sin apartar los ojos de la televisión, para comer había arroz con tomate, no sopa. Ya lo sé, cielo, perdóname... No, no te perdono. ¡Es que siempre me mientes! En ese momento, me acuerdo de que ya es martes, y de que el miércoles por la mañana, como muy tarde, tengo que enviar este artículo al periódico. A las diez y media de la noche enciendo el ordenador, me prohíbo a mí misma pensar que al día siguiente me esperan ocho entrevistas en vez de siete, miro al cielo implorando la gracia de san Truman, y me digo que, si después de esto, la novela no me sobrevive, es que, desde luego, no tiene corazón.

El dragón de Lavapiés

Hace algunas semanas, casi un mes después de que comenzara nuestro año nuevo, un sinuoso dragón de todos los colores, su rostro preceptivamente terrorífico, sus fauces abiertas sin pudor, y una lengua de carmín entre los afilados colmillos de cartón piedra, bailó una danza exótica y lejana en el mismísimo corazón del casticismo chulapo de sainetes y zarzuelas. La imagen salió en todos los periódicos, en todas las revistas, en todas las televisiones. En la plaza de Lavapiés, nada más y nada menos, la muy nutrida colonia oriental de aquel distrito celebraba por primera vez, y por todo lo alto, la fiesta del año nuevo chino, y una pequeña multitud de niños y niñas ataviados con trajes típicos se partían de risa en el trance de confesar ante las cámaras, con un acento inconfundible, tan puro o tan impuro como el de cualquier hijo de vecina, que no tenían ni idea de cómo se decía «felicidades» en el idioma de sus padres. «Pero ni de coña, vamos...», remató un chaval de unos trece años, los ojos como oscuras cuchilladas, el pelo negro, lacio, la cara redonda y la piel de membrillo, con un desplante tan oportuno, tan natural y tan gracioso a la vez, que era imposible no sonreír al escucharle.

Entonces tuve la impresión de que, en este momento, en mi barrio no se ven demasiados orientales. Están los de siempre, claro, los que trabajan en los restaurantes chinos de toda la vida, en la mayoría de los «Todo a cien» y en la totalidad de esas tiendas de alimentación que están abiertas a cualquier hora del día, cualquier día de la semana, pero hace algunos años, tres o cuatro, teníamos muchos más vecinos de origen asiático, sobre todo en la zona de Chueca. Se habrán ido a vivir a Lavapiés, pensé, y desde entonces vengo observando a los extranjeros con los que me cruzo por la calle. A estas alturas, he llegado ya a ciertas conclusiones.

Aunque también abundan los colombianos y otros sudamericanos que, por sus rasgos, deben provenir de la zona andina, creo que mi barrio es, fundamentalmente, zona eslava. Rumanos, de raza gitana o no, pobres como ratas, que rondan el mercado pidiendo a los tenderos huesos, desperdicios o fruta estropeada, polacos repeinados y de aspecto decoroso, con sus respectivas medallas de cristianar colgando del cuello, búlgaros guapos y achulados con las uñas sucias, relojes enormes y trajes de gángster que parecen de Armani, rusos despiertos, más listos que el hambre que pasan, que hablan poco y miran de través, y parecen estar siempre haciendo tiempo... No sé dónde vivirán, pero están aquí, trabajando en las obras, subiendo el butano, cuidando ancianos, anunciándose en las farolas, pidiendo limosna o prosperando a ojos vistas, y andando por la calle con el móvil en la mano mientras pronuncian a una velocidad de vértigo sonidos tan incomprensibles como los sortilegios de un hechicero. Los otros, los magrebíes, los árabes, los subsaharianos, los caribeños, los orientales, aparecen y desaparecen, traen y llevan sobres, reparten flores, aparcan en doble fila las camionetas en las puertas de las tiendas, pero los eslavos se quedan, están aquí de día y de noche, compran tabaco en los mismos estancos, se emborrachan en los mismos bares, se sientan en los mismos bancos, pertenecen ya a este paisaje.

Eso creía yo, por lo menos. Porque el aspecto más sorprendente de mi espontánea e improvisada encuesta ha resultado ser la absoluta invisibilidad de los extranjeros en los que me he ido fijando desde que comenzó el año nuevo chino. ¿Tú crees? ¿De verdad? ¿Sí? No sé qué decirte, pero, en fin, será verdad, si tú lo dices... Éste es el tipo de respuestas que he recibido de mis vecinos, de los tenderos del mercado, de los clientes con los que he pegado hebra mientras llegaba mi turno, durante los últimos días. Y pienso que tiene gracia, pero es una gracia triste, fría, helada más bien para alguien que, como yo, creía que la invisibilidad —una invisibilidad de iguales, de naturales, de normalidad absoluta— de los inmigrantes sería el techo supremo de lo deseable. Pero cualquier parcela de la realidad, con tal de que sea verdaderamente real, puede resultar siempre peor de lo que se espera. Y ahora va a resultar que ninguna ley de extranjería, ni siquiera la peor, la más injusta, la más indeseable, ha hecho falta nunca en este país, porque los inmigrantes están a punto de empezar a parecer un simple efecto óptico, ni más ni menos que los dientes de cartón piedra del dragón de Lavapiés.

European Style

Tengo un recuerdo lejano, impreciso pero indudable, de una España sin supermercados. A mediados de los años sesenta, los tenderos tradicionales se alarmaban, se dolían, se complacían en programar cuidadosamente su propia ruina. Mientras cortaban un redondo en filetes, mientras escogían con cuidado una pescadilla, mientras pesaban dos kilos de naranjas, hablaban con las clientas, comentando con terror la novedad. «Ya han abierto un supermercado dos calles más arriba», advertían, cabeceando con desánimo, «y en la plaza abren otro el mes que viene...». Las amas de casa que pretendían ser al mismo tiempo elegantes y modernas inauguraban por aquel entonces un neologismo de feliz futuro con sus medias melenas lisas teñidas con mechas rubias —las puntas curvadas indefectiblemente hacia dentro— y su ropa cara con la marca bien visible en un ángulo del pecho o en los estampados de bolsos y pañuelos. Las *pijas* de clase media se aficionaron enseguida a comprar en los flamantes recintos de plástico y metal donde la comida no olía, no sangraba, no ensuciaba, un horizonte de comida preparada y envases desechables como una reconfortante y tramposa metáfora de un país que ya no parecía ser lo que en realidad era, lo que seguía siendo de verdad. Las señoras bien de toda la vida y las representantes más o menos castizas de las clases populares se resistieron con encono a la novedad, pero, en poco tiempo, los supermercados consolidaron su prestigio de símbolo de la nueva España de la modernidad y el desarrollo. Pasarían muchos años antes de que la gastronomía se pusiera de moda y, al calor de las excelencias de la dieta mediterránea, los televisores se llenaran de cocineros posmodernos capaces de liderar con energía el regreso a los mercados tradicionales.

Ahora que una súbita epidemia de rubicundez empieza a extenderse sin grandes matices entre las mujeres que me rodean, casi todas cada vez un poco más rubias, más parecidas a sus madres, aunque igualmente condenadas a fracasar al cabo en su lucha contra los relojes, he recuperado el recuerdo de los primeros supermercados que pisé en mi vida por un camino muy extraño y aún más imprevisible. Hace un par de semanas, caminando por Nueva York en mi papel de turista consciente, sin ensayar el más mínimo ademán que pudiera inducir a los demás transeúntes a confundirme con una vecina de la metrópoli, me quedé con la boca abierta en la esquina de Lexington Avenue con la calle 43. Allí, en un lateral del Grand Central Terminal, la estación ferroviaria más célebre y céntrica de la ciudad, una multitud de banderolas y carteles multicolores animaba a visitar un recinto que se anunciaba como único en su género, el European Style Food Market, que acababa de inaugurarse en aquella ala del edificio.

Sucumbí inmediatamente a aquel reclamo y al haz de barras

de pan —pan del de aquí, del de toda la vida— que reposaba en una canasta de mimbre al otro lado del escaparate, y entré, aunque no llegué a recorrer la tienda entera porque mi marido, que disiente con firmeza de mi afición a los mercados, pidió clemencia a tiempo. Sin embargo, me hice cargo de la situación con un simple vistazo. Allí, alineados a ambos lados de un pasillo, había una serie de puestos con su respectivo dependiente detrás de un mostrador acristalado donde se exhibía la mercancía. Ésa era la novedad, ésa la flamante excelencia que pretendía acaparar los favores de una clientela moderna y elegante al mismo tiempo. Entonces me acordé del mercado que ha crecido conmigo entre las perpetuas quejas de los vendedores y las reticencias de los compradores, y me pregunté si unos y otros, en algún momento de su eterno e ininterrumpido diálogo acerca de las ventajas y los inconvenientes de las grandes superficies, habrían llegado a sospechar alguna vez el extraño rumbo que el paso del tiempo puede imprimir incluso a los acontecimientos más triviales, más aparentemente anecdóticos. Un par de días después, cuando todavía estábamos allí, comenzó el baile de las papeletas de Palm County y el *show* del bochorno electoral. Creo que fue entonces cuando, definitivamente, decidí que nunca voy a teñirme el pelo.

La nariz de la primavera

El aliento de la primavera es rojo y brillante, y medra entre la escarcha de las peores heladas. Ahora, cuando todos llevamos una chimenea en la garganta y el vaho de los cuerpos ateridos se confunde con la bruma de los amaneceres, con la tos irritada de los coches que combaten el hielo de la madrugada a golpe de pedal, con la escala de grises humaredas que ensucian el cielo blanco del invierno para mantener una ilusión de verano en interiores domésticos que se sitúan al margen de la realidad, me conmuevo, como todos los años, ante el tímido presagio de la primavera que se insinúa en los escaparates de las fruterías, que son el calendario y la brújula, el reloj y el termómetro del mercado.

A despecho del progreso de los invernaderos, el frío sigue imponiendo su férula severa, seca, sobre la opulencia piramidal de estos puestos excesivos e impúdicos como bodegones barrocos. La fruta de invierno es aburrida, y llegaría a ser angustiosa sin el reflejo cálido, resplandeciente, de naranjas y mandarinas. Seguramente, esos misteriosos equipos interdisciplinares que fijan criterios para evaluar la calidad de vida en cada región del mundo no tienen en cuenta a las naranjas, que son agua y color, dosis clandestinas de fervor en el dominio árido de esas frutas serias, abstemias como institutrices, que no pretenden seducir, sino disciplinar los paladares. No hay nada más aburrido que masticar una manzana, y masticarla, y masticarla de nuevo, otra vez, hasta que el gusto terroso de la pulpa se confunde por fin con su verdadero sabor. Las peras tampoco me gustan, y por eso adopto cada año la religión de las naranjas, y cultivo su fe en la primavera para consolarme del frío en su redonda promesa de calor, en su color sureño, solar, en el prodigioso error de una dulzura lujosa y húmeda que se ríe de las leyes del invierno. Enero sin naranjas sería una estancia improvisada del infierno.

Pero la primavera germina bajo los hielos y el día menos pensado asomará su naricilla de borracha contumaz y satisfecha entre las pieles mates y resecas de esas señoras decentes que son las frutas de invierno. Las fresas son mensajeras de todo lo bueno. Es cierto que ahora se encuentran, incluso en pleno otoño, en cajitas pequeñas, envueltas en celofán, como el tesoro que son, pero esos aislados destellos de supervivencia no escapan a la regla de las excepciones. Sin embargo, cuando desembarcan por kilos en el rincón más visible de cada frutería, firmemente instaladas en su descaro carnal y rojizo, abandonadas a esa congénita capacidad de seducción que captura incluso las miradas de quienes no codician su sabor, entonces con ellas cambia la estación, aunque el clima aún se resista a aceptarlo. En el mercado, la primavera es el tiempo que media entre las fresas y las cerezas, rojo sobre rojo, doble contra sencillo, la nariz y los ojos de la única alegría que se nota en la piel. Entre ellas, habrán hecho su aparición los nísperos, con la sorpresa de su hueso reluciente, los albaricoques, con el júbilo travieso de su nombre, las ciruelas, con esa rotunda esplendidez que se derrama por la barbilla al primer mordisco, y también quizás los melocotones, con su sedoso abrigo de alta costura, y los melones, dorados y dulces como los buenos pecados. Entonces el mundo será un sitio mucho mejor donde vivir, y bastará con echar una ojeada al escaparate de la frutería para comprobarlo.

Cuando mi cuerpo protesta de la despiadada avaricia de los termómetros atizando esa chimenea interior que se deshace en humo al borde de mis labios, a veces pienso que, si yo fuera Dios, el año entero sería un caluroso y larguísimo verano. Pero la poesía tiene que servir para algo, y es ella quien me reconcilia con la humana modestia de mi naturaleza al presentir el milagro machadiano de esa primera, humilde fresa, que se basta con su insignificancia para desarbolar al gigante de los meses oscuros. La condición del futuro es la esperanza.

Puerta de salida
Cerrado por cambio de negocio

Han pasado más de tres años. Todos somos un poco más viejos, pero la pescadera sigue teniendo ojos de tormenta, y el mandil de la dependienta de la casquería es igual de blanco, tan resplandeciente como entonces. Hay niños, ancianos, parados de larga duración, jubilados precoces, estudiantes extranjeros, inmigrantes ilegales, jóvenes enamorados, padres adoptivos, y muchas mujeres, algunas ajetreadas, otras calmosas, jóvenes y viejas, solteras y casadas, satisfechas y amargadas, a un lado y al otro de los mostradores... ¿Qué les voy a contar ya, a estas alturas? Ustedes las conocen, y conocen a los hombres que las acompañan. Me conocen además a mí, y demasiado bien, me temo. Por eso —aunque me duela, porque las muertes de ficción también duelen—, creo que ha llegado el momento de cortar el gas, de apagar la luz y de echar el cierre de este mercado imaginario que quizás no haya llegado a serlo tanto, esta imagen ideal de un mercado auténtico con el que tal vez, ojalá, haya llegado a compartir algunas gotas de realidad.

Las despedidas son siempre tristes y pesadas, pero inevitables. Ésa es la razón de que, aunque no me despida de ustedes, sienta hoy la necesidad de despedirme de ellos, del resplandor enfermizo e insomne de los neones que iluminan unos pasillos condenados a desconocer si el día que viven es soleado o lluvioso, de los cartelitos de plástico blanco con cifras de números rojos que han encogido con el cambio de moneda, de los mandiles estampados con mil rayas verdes y negras sobre los pantalones de tergal, de las batas blancas y las uñas negras, del hielo picado, festoneado por una guirnalda de manojos de perejil, donde resalta más el color rabioso de un limón cortado por la mitad y herido de agujas de clavo. Ése ha sido el horizonte de esta página, el paisaje ante el que las letras negras formaban palabras sobre el papel blanco, el tamiz que ha filtrado la luz, y los sentimientos pequeños de personajes casi siempre anónimos por dentro y por fuera, protagonistas sin embargo de una actualidad menor, pero no menos auténtica que la que inspira los grandes titulares de la edición de cualquier periódico. Al menos, eso es lo que he intentado yo, contar lo que pasa en la calle, reconstruir conversaciones completas a partir de algún fragmento que mis oídos han tenido la fortuna de escuchar por azar, describir lo que mis ojos ven y otras imágenes menos precisas, de líneas borrosas, casi fantasmales, que no sé muy bien cómo he llegado a percibir a partir de algún detalle suelto, tan nimio como el escote de una camiseta o una barba mal afeitada. Sé que algunas veces me ha salido mejor, y otras no tanto. Mal también, desde luego. Es difícil tener buenas ideas a plazo fijo, incluso cuando se goza de una libertad tan grande como la que el mercado me ha otorgado a modo de espontáneo privilegio. Repetirse es más fácil, pero aburrido, y tengo la sensación de que ya no puedo sorprenderles con nada nuevo. A veces, durante los últimos meses, he llegado casi a contar con los dedos, a repasar puesto por puesto las dos plantas del mercado de Barceló, para llegar siempre a la misma conclusión. Si ustedes ya habían estado allí... ¿para qué iba a seguir mareándoles a base de obligarles a dar vueltas en círculo? Nunca he pensado que la alternativa a renovarse sea una muerte forzosa, pero sí creo que el exceso de costumbre anquilosa los músculos, los dedos y la imaginación de los escritores. La artrosis literaria no tiene perdón, ni tratamiento.

Si a estas alturas algún lector se ha apresurado ya a abandonarse a una nostalgia fulminante y precoz, querría en primer lugar darle las gracias, y después tranquilizarle. No me voy, sólo me mudo. Y tampoco voy a cambiar mucho, ya me conocen. Otra voz, otros personajes, otros escenarios. Y la vida. O eso espero.